我們的故事未完，待續

Me and Earl and the Dying Girl

Jesse Andrews
傑西·安德魯斯 —— 著
楊沐希 —— 譯

獻給史耐利高中，
這所學校跟班森高中一點也不像。

目次

前言

電影開麥拉

「史上最鳥爛片」到底有多鳥？鬧出人命了，就是這麼鳥。這部電影害死人了，你會明白的。

我不曉得該如何下筆寫這本愚蠢的書。

可以先從實招來嗎？這是百分之百千眞萬確的實話。一開始動筆的時候，我打算以這句子作爲開頭：「眼下是最好的時代，眼下是最差的時代。」我眞的以爲這本書可以這樣寫。我明白這是經典大作的頭兩句話，但我後來發現，如果這樣寫，後面就接不下去了。我盯著電腦螢幕整整一個小時，差點就要崩潰。在狗急跳牆的心情下，我稍微調整標點符號，再加上引號，變成：

眼下是「最好」的時代？眼下是「最差」的時代！

這是什麼意思？怎麼會有人寫出這種鬼東西？一般人才不會想讀這個，除非喪屍眞菌侵蝕大腦，我想我的腦袋也有這個問題。

重點是，我不曉得該拿這本書怎麼辦，原因在於，我可不是什麼大作家，我是拍電影的。這下子，你大概又有疑問：

一、這傢伙爲什麼不拍電影，而是寫書呢？

二、這樣的行爲跟食腦眞菌有關嗎？

答案：

一、我之所以寫書而非拍片，是由於我已經從製片生涯退休了。好吧，應該這麼說，我已經從「製」出史上最鳥爛「片」的領域退休了。通常，一般人的目標是在拍出畢生傑作之後引退，更理想的狀況是，拍完曠世巨作後就撒手人寰。不過，我的狀況恰恰相反，簡單描述我的製片作品如下：

不忍卒睹（多部）
差強人意（一部）
勉強能看（一些）
像樣能看（一部）
上乘之作（兩、三部）
絕佳神作（多部）
史上最鳥爛片（一部）

fin.，本片終，講完了。「史上最鳥爛片」到底有多鳥？鬧出人命了，就是這麼鳥。這部電影害死人了，你會明白的。

二、說實在的，如果眞的有什麼眞菌在啃食我的大腦，就能合理解釋很多事情。雖然眞菌這輩子都在吃我的大腦，此時此刻大概覺得無聊跑掉了，或是因爲營養不良或什麼原因而死掉了吧。

在開始這本極度瘋狂的書之前，我還有一件事情想說。你大概已經預料到書裡有個罹患癌症的女孩，所以你大概會想：「太棒了！這是個關於愛、死亡還有成長的故事，充滿卓越的智慧與洞見。閱讀時我一定會從頭爆哭到尾。我現在眞是太期待了。」如果以上敘述反映了你的想法，你大概可以將這本書塞進垃圾桶，然後拍拍屁股走人了。因爲，重點在於：「我完全沒有從瑞秋的血癌裡得到任何啓示。」好吧，事實上，這整件事大概讓我對人生有了更愚蠢的想法。

我解釋得不是很精確，我想表達的是：本書完全沒有寫到重要的人生啓示，也沒有不爲人知的愛的祕密，更沒有「當我們知道，自己已經永遠離開童年了……」之類的賺人熱淚橋段，沒有，都沒有。再補充一點，本書和大部分敘述罹癌女孩的書不一樣，本書絕對沒有那種讀起來很漂亮，內容卻似是而非的字句，只因爲用不同字體標示出來，害得讀者以爲蘊含什麼深刻的寓意。你知道我在說什麼嗎？我說的是這種句子：

癌症奪去了她的雙眼，她卻能以更透徹的目光注視這個世界。

嘔！算了、算了。對我來說，在瑞秋死前了解她，這件事並不會讓我覺得人生更有意義。相反地，我覺得人生更沒有意義。這樣說你滿意了嗎？

好吧，我想我們該開始了。

（我忽然想到，各位可能不懂 fin. 是什麼意思，這是製片用字。精確來說，指的是法文裡的「電影演完了，好開心。你可能搞不清楚電影到底在演什麼，因爲是法國人拍的。」）

好了，這次眞的要 fin. 了。

1 如何在一個遜斃的鬼地方生存？

學校裡各種族類的人都有，他們個個都想掌握權力，於是大家血腥廝殺。

爲了理解事情的來龍去脈，你必須明白一個前提：高中生活爛透了。你接受這個前提嗎？你當然得接受！高中生活很爛，這是有口皆「呸」的事實。事實上，我們上高中以後，會首次接觸到最基本的生存問題：天底下怎麼會有這般爛到骨子裡的鬼地方？

國中整體來說更爛，但國中的日子太可悲了，我實在無力提筆，所以我們還是將焦點放在高中就好。

好了，請容我自我介紹，我的名字是葛雷·賈恩斯，十七歲。本書描述的內容是我在班森高中的生活，班森高中位於賓州匹茲堡市中心。進一步討論其他問題之前，我們必須先認識這所學校，以及它之所以爛的各種特殊原因。

班森高中位於松鼠丘和霍姆伍德兩地邊界，松鼠丘是個富裕的地區，霍姆伍德則不算富有，兩地的學生都會來班森上學。電視節目經常演到家境優渥的富二代能主宰高中生態，不過，松鼠丘超有錢的富二代都去念當地私立的謝迪賽高中了，剩下的人數不多，無法在班森高中建立秩序。我的意思是，他們偶爾會想辦法建立秩序，可惜成果不彰，頂多看起來有點可愛而已。舉個例子來說吧，幾乎每天早上十點半到十一點之間，樓梯井總會出現一灘尿，而奧莉維亞·萊恩就像個瘋子似的對經過的所有人大聲尖叫，她想找出凶手是誰，但這種做法實在很愚蠢。你很想告訴她：「小莉！凶手可能不會回來肇事現場，尿尿小童老早跑掉了！」不過，就算你眞的開口了，她大概還是會繼續歇斯底里地抓狂。反正，我的重點是，抓狂並不會對任何事情有實質效果。這種行爲就跟小貓咪想要咬死什麼東西一樣。小貓咪的確有著獵捕小動物的凶殘天性，但牠就是隻可愛的小貓咪，你充其量想將牠放進鞋盒裡，拍段影片放上網路，娛樂世界各地的老奶奶。

有錢的富二代不是學校的領導族群。下一組有潛力的人口類型應該是教會孩子，他們人數眾多，對統治校園肯定有興趣。不過，這股統治校園的力量與意志也是他們最大的缺點，因爲他們花太多時間說服你加入他們的行列，邀請你參與他們的教會。他們會說：「我們有餅乾跟桌遊喔。」或是：「我們剛裝好了Wii！」這類遊說之詞聽起來就是哪裡不太對勁。到頭來你會發現，就和戀童癖拐騙小孩的台詞如出一轍。

所以啦，教會孩子也不可能領導學校，他們的手段太詭異了。在許多高中，運動員爬上寶座的機率很高，不過在班森高中，運動員大多是黑人，白人都很害怕他們。還有誰能夠帶領這群人？書呆子？拜託，他們對校園政治一點興趣也沒有，他們只希望自己不要引起太多注意，安分地活到畢業，接著就可以逃進大學，再也沒有人會因爲他們曉得副詞的用法而嘲笑他們。劇團成員？我的天啊，根本就是血腥大屠殺，他們遭人毆打致死的時候，手裡還抱著摺起書頁的《綠野仙蹤》舞台劇歌譜。癮君子？缺乏進取心。幫派小混混？太少出現在學校了。玩樂團的？他們就和劇團成員一樣，只是更加可悲。歌德阿宅呢？就算這是一場思想實驗，他們也不可能成功。

班森高中的社會階級金字塔頂端是空的，結果就是：一場混亂。

（請容我提醒一聲，這裡的分類有點太過簡略。書呆子／富二代／運動員有沒有更細項的分類呢？答案是肯定的。有沒有團體無法直接貼上標籤，因爲他們是一群拼拼湊湊出來的朋友，沒有特定的屬性？也是有。我是說，如果你想看，我大可標示出全校同學的分類，好比說「中產非裔美國人高三第二類第四組」，但我相信天底下肯定不會有人想看這種東西，就連屬於「中產非裔美國人高三第二類第四組」的成員應該都沒有興趣，他們包括強納森．威廉斯、達璜．威廉斯和多特．楊。如果達尼爾．雷諾斯考慮在高三下學期開始認眞吹奏長號的話，他也算其中一員。）

所以呢，學校裡各種族類的人都有，他們個個都想掌握權力，於是大家血腥廝殺。問題來了，如果你是某個小團體的一員，那這個團體之外的人都會想殺了你。

不過，針對這個問題，還是有解決的方法，那就是：加入每一個小圈圈。

我知道、我知道，聽起來瘋狂，但這的確就是我的做法。我沒有公然加入任何小圈圈，你懂的，但我暢行無阻。書呆子、有錢的富二代、運動員、癮君子、玩樂團的、劇團成員、教會孩子、歌德阿宅，我可以走進任何族群之間，對於我的出現，他們也不覺得訝異。每個人看到我，心裡就想：「葛雷！他是我們的一員。」有人會想：「這傢伙跟我們同一國。」或至少：「我不會用番茄醬欺負葛雷。」這是個很困難的目標，請考慮一下這些問題：

一、**滲入任何小圈圈，但對其他人得保持低調**

如果富二代發現你跟歌德阿宅交談甚歡，社交的大門就會在你面前緊緊關上。若是教會孩子注意到你歪歪斜斜地從癮君子的車子爬出來，身後還帶著有如做完桑拿浴一樣的煙霧，你努力不在教會地下室「出口成髒」的日子就結束了。還有，老天保佑，如果一名運動員發現你和劇團成員過從甚密，他會立刻認爲你是同性戀，天底下最有力量的莫過於運動員對同志的恐懼了。眞的，就跟猶太人害怕納粹一樣，只不過仔細想想到底是誰修理了誰？所以我猜應該是納粹害怕猶太人才是。

二、**你絕對不能太積極投入任何一個團體**

這點是接續第一點的。你必須一直處在圈外。你可以和歌德阿宅做朋友，可是無論如何，千萬不能打扮得和他們一樣。你可以參加樂團，放學之後，則要避免加入他們在練團室長時間的演奏練習。你可以在教堂空得可憐的康樂室露露臉，但絕不出席任何一個有人一再提到耶穌的活動。

三、**午餐時、上課前或其他公衆場合務必保持超低調**

我是說，忘了午餐吧。午餐時間就是別人要求你展現小團體忠誠的時候，他們會要求你和他們坐在一起，讓別人知道你是他們的一分子；或者，老天幫幫忙，某些不屬於任何小團體的可憐蟲會問你要不要坐在他們旁邊。我對沒有小團體的同學沒有意見，我可是相當同情那些可憐的混蛋，在這所由黑猩猩掌管的班森叢林裡，他們就是在林地上舉步維艱的老弱殘疾，還躲不了其他人的騷擾與凌虐。你可以同情他們，但和他們做朋友？還是下輩子吧。成爲他們的朋友就代表共享他們的命運。當他們想要騙你上鉤的時候，他們會說：「葛雷，一起坐嗎？」意思其實是：「我刺傷你雙腿的時候，請你不要亂動，這樣當凶狠惡霸過來揍我們時，你才跑不掉。」

說眞的，當你處在有很多小團體的地方時，你必須想辦法脫身。無論是在教室、餐廳，或是其他場所。

現在你也許會問：「那你的朋友呢？你和朋友一起上課，怎麼可能無視他們？」對於這個問題，我必須回答：「你是不是都沒有認眞聽我說話？重點是，你不能和任何人當朋友。這就是我剛剛所說一切的悲劇與勝利。你不能過普通的高中生活。」

原因在於：普通的高中生活實在爛透了。

你或許又會問：「葛雷，你爲什麼要說那些沒有小圈圈的人的壞話？聽起來『你』就是沒有小圈圈的社會邊緣人啊。」你算講對了一部分。事實上，我不屬於任何小圈圈，但我又是每個小圈圈的一分子，所以你不能用「沒有小圈圈的社會邊緣人」形容我。

老實說，天底下沒有任何字眼能夠形容我做的事情。我一度將自己視爲高中校園的間諜，後來覺得「間諜」這字眼會誤導人。這個名詞聽起來彷彿我在學校偷偷摸摸，還和性感的義大利女人有超友誼關係。先說，班森高中「沒有」任何性感的義大利女人，最接近的就是校長辦公室裡的佐丹奴小姐，但她有點胖，臉長得跟鸚鵡一樣。此外，她和其他女人一樣，剃掉了自己的眉毛，然後用簽字筆還是什麼玩意兒在奇怪的位置畫上新的眉毛。你越深入思考這件事，越覺得胃開始翻攪，忍不住想要抓抓自己的臉。

這是佐丹奴小姐在本書出現的唯一時刻。

我們還是繼續吧。

2 高三開學第一天，以方便的劇本方式呈現

說實在的，請你列出一個看起來完全不智障的人生目標。我告訴你，只要動動大腦你就會發現，就算當總統也是很爛的選擇。

我想，我們可以從高三開學日這天開始講起，一切都很完美，直到老媽來攪和為止。

我所謂的「很完美」，指的是相對而言。我的期待顯然非常之低。也許「很完美」太強烈了，整句話應該是：「我慶幸也訝異，開學第一天並沒有害我崩潰，也沒有令我想躲進置物櫃裡裝死」。

學校帶給人的壓力很龐大，開學日更是瘋狂，因為所有的聚會地點都要重新洗牌一次。上一章我忘了解釋，傳統的富二代、運動員、書呆子、劇團成員等小圈圈都必須更進一步以年級畫分。比方說，高二的歌德阿宅對高三的歌德阿宅有某種怨恨的恐懼；高二的書呆子對於高一的書呆子則有輕視的不信任感，諸此之類。所以當一屆學生畢業後，他們原本占據的地點空了出來，等著別人去攫取，結果經常出乎意料之外。

基本上我這天早上會特別忙碌。我傻傻地提早到校，搞清楚狀況，而有些同學已經開始占地為王。通常都是班森高中比較神經質的小圈圈代表。

內景：圖書館外面走廊

時間：早上

賈斯汀．豪爾神色緊張地出現在圖書館門口，希望可以為劇場伙伴占領這個地方。他走來走去，嘴裡哼著《吉屋出租》還是《貓》的主題曲。他看到葛雷出現，整個人鬆了好大一口氣。

賈斯汀．豪爾：（因爲出現的不是運動員、幫派小子或其他叫他死玻璃的人，所以他鬆了口氣。）喔，嗨，葛雷。

葛雷．賈恩斯：賈斯汀，很高興見到你。

賈斯汀．豪爾：我也很高興，葛雷，你的暑假過得如何？

葛雷：又熱又無聊，眞不敢相信暑假就這麼結束了。

賈斯汀．豪爾：哈哈哈哈哈哈啊哈哈哈哈哈哈……

這似乎是一句無心的笑話，讓賈斯汀笑到徹底失禁。也許這是回到校園讓人心智受損的焦慮使然。

這並不是葛雷希望得到的回應。他原本只想說點不痛不癢，讓人沒有印象的話。如今他只能聳聳肩，尷尬地坐立不安，並且避免直視對方雙眼，這是每次他講話逗人笑時的一貫反應。

賈斯汀．豪爾：（眉毛扭成奇怪的形狀）哈哈哈哈哈哈哈哈哈……

圖書館員華特太太來了。她瞪著眼前兩名學生，她肯定是個酒鬼。

賈斯汀．豪爾：呃，華特太太太太……

華特太太：（不屑地）哼。

賈斯汀．豪爾：葛雷實在太好笑了。

葛雷：好啦，沒事了吧。晚點見。

我顯然不會再踏入圖書館一步，也不可能花時間跟賈斯汀．豪爾稱兄道弟，原因我已經解釋過。我該繼續前進了。

內景：練團室前方的走廊

時間：早上

拉霍葉．湯瑪斯和布蘭登．葛洛斯曼還沒辦法開門進去。雖然手邊沒有樂器，他們還是研究起樂譜來。你會覺得他們是在昭告天下，他們厲害到坐在那邊都能讀譜。

布蘭登．葛洛斯曼：賈恩斯，你今年要加入管弦樂組嗎？

葛雷：（滿臉歉意地）進不去。

布蘭登．葛洛斯曼：什……麼？

拉霍葉．湯瑪斯：（不敢置信的表情）但你今年一定要來打定音鼓啊！現在還有誰能負責定音鼓？

布蘭登．葛洛斯曼：（哀傷地）肯定是喬．迪梅歐拉。

葛雷：大概是喬吧，反正他比我厲害多了。

拉霍葉．湯瑪斯：喬超會流汗的，噁心死了。

葛雷：那是因爲他很認眞。

內景：禮堂
時間：早上

兩名高三的歌德阿宅躲在後面的座位玩魔法風雲會的牌卡，他們是史考特．梅修，還有艾倫．麥孔米克。葛雷小心翼翼接近他們，他的目光左右掃視。禮堂應該是全校最有價值的空間。這塊歌德殖民地大概活不過運動員、劇場成員和幫派子子的大舉入侵，他們顯然晚點就會殺過來。

葛雷：嗨，兩位。
史考特．梅修：你好啊。
艾倫．麥孔米克：（立刻用力眨起眼睛，大概沒有原因）對啊，你好。

歌德阿宅的社會地位非常低下，也非常難滲透進去。也許是因爲地位太低，他們會懷疑試圖與他們交談的人。歌德阿宅的特質會引來嘲笑，好比說：他們對於精靈與飛龍的熱愛；他們的風衣，還有沒整理，或該說過度整理的頭髮；以及他們用鼻子大聲呼氣，還會快速大步走路的模樣。要讓他們接納你實在很難，除非你也是歌德阿宅。

事實上，我有點同情他們，因爲我完全可以理解他們的世界觀。他們恨透了高中，我也是。他們絞盡腦汁逃離校園，只想躲進奇幻的世界，他們只想漫步在山林裡，用閃著八個月亮奇異光芒或是什麼鬼的刀劍刺人。有時我會想，在另一個宇宙裡，我也許會成爲他們的一分子。我皮膚蒼白，人又胖，完全沒有辦法接受社會狀況。若要我老實說，我會覺得用刀劍刺人挺棒的。

當我和他們一起蹲在禮堂裡時，腦袋裡就是這麼想的。不過，我忽然注意到以下狀況。

史考特．梅修：（經過深思熟慮，亮出一張上面寫著「不死族」的牌卡。）

艾倫．麥孔米克：詛咒。

葛雷：史考特，這眞是很厲害的族人。

我理解了什麼呢？我理解到自己永遠不可能靠著讚美別人牌卡上的一群人過活。

我覺得心裡舒服了點。

不久，我滿懷尊重的心情離開禮堂。

內景：南邊樓梯井前方空間

時間：早上

中產非裔美國人高三第二類第四組的四名成員出現在門邊。同時，另一位高二的教會孩子伊恩．波舒馬正把東西攤在走廊上，嚴肅地等著後援前來。

這就是你想盡量不要跟人有任何接觸的典型狀況，因爲如果你看起來屬於某個小圈圈，其他團體就會注意到，然後排擠你。我是說，如果高二的教會孩子排擠我，應該算不上是什麼糟糕的事情，不過，我的人生目標就是不要遭到「任何人」排擠。這個目標看起來是不是有點智障？當然。說實在的，請你列出一個看起來完全不智障的人生目標。我告訴你，只要動動大腦你就會發現，就算當總統也是很爛的選擇。

葛雷低調地點頭向伊恩・波舒馬打招呼。此時，強納森・威廉斯手上亂拍亂彈的小皮球，撞上了葛雷的牙齒並彈開來。

在過往的日子，天底下沒有任何方法能夠充滿尊嚴地處理這件事。丟球的傢伙會瘋狂大笑，而我唯一的作爲就是連忙跑開，否則也許還會有球繼續砸過來。

不過，到了今年，顯然狀況不太一樣了。

雖然鐵錚錚的事實是強納森・威廉斯手上的球砸到了葛雷的牙齒，但這傢伙居然不好意思地將整顆頭塞進上衣裡面。

達尼爾・雷諾斯：（一臉不爽）就跟你說會打到人。

多特・楊：還是高三學長。

強納森・威廉斯：（咕噥地）抱歉！

葛雷：沒大礙。

達璜・威廉斯推了強納森・威廉斯一把。

多特・楊：（清理一根指甲）不要亂丟東西。

基本上，你高三的時候，其他人用東西砸你的牙齒只是場意外。換句話說，成為高三生實在太棒了。

上課前的早晨，接著一整天，事情就是這樣。如此看來，今天算是很完美。我花了幾分鐘時間去停車場，見見那群由粗魯敘利亞人尼扎帶領的壞脾氣外國學生，然後跟足球隊員互打招呼，今年他們居然沒有人想施展「抓奶龍爪手」，傷害我的乳頭。知名的癮君子戴夫・史麥哲開口跟我分享他暑假的無聊漫長生活，不過，鳥兒吸引了他的注意力，我趁機逃開。在三一八教室的時候，方塔・金恩叫我跟他一起坐，我假裝要去找老師，他沒多說什麼就接受了這個理由。大概就是如此。

還有，我一度撞上了麥迪遜・哈能的胸部。她的胸部跟我的視線一樣高。

3 我們就來看看這尷尬的一章吧

女生喜歡有自信的人。而當你看起來像個胖嘟嘟、瞇瞇眼、腦袋受損的鼠臉人，動不動就挖鼻孔時，你實在很難有什麼自信。

爲了這本可怕的書，我必須稍微介紹一下女性角色，所以我們繼續吧，希望我不要一拳打在自己的眼睛上。

第一個前提：女生喜歡帥哥。我不是很英俊。事實上，我看起來有點像顆布丁。我很蒼白，還稍微過重。我有一張老鼠臉，而不怎麼樣的視力又逼著我一直瞇起眼睛。還有，醫生診斷我有慢性的過敏性鼻炎。聽起來很有趣吧？但我會一直有鼻屎乾掉的問題。我無法用鼻子呼吸，嘴巴通常都是打開的，看起來一臉蠢樣。

第二個前提：女生喜歡有自信的人。記住這點，並重看上面那一段文字。當你看起來像個胖嘟嘟、瞇瞇眼、腦袋受損的鼠臉人，動不動就挖鼻孔時，你實在很難有什麼自信。

第三個前提：我的把妹技巧需要加強。

失敗把妹技巧第一招：我不喜歡妳。

四年級的時候，我發現女生很可愛。我當然不知道該如何面對她們，只是想要擁有一個女生，將她當成我的所有物之類的。在所有的四年級生裡，卡咪．馬歐爾是最辣的，所以在操場時我要厄爾去找卡咪．馬歐爾，對她說：「葛雷不喜歡妳。」厄爾講話的時候，我就站在距離他們不到兩公尺的地方。我期待卡咪說：「其實我偷偷暗戀葛雷，想當他的女朋友。」結果她說：「誰？」

「葛雷．賈恩斯。」厄爾說，「他就站在那裡。」

他們兩個人轉頭看著我。我從鼻孔裡抽出手指，向他們揮手。這時我才發現自己剛剛正在挖鼻孔。

「門兒都沒有。」卡咪說。

後來，狀況也沒有好轉過。

失敗把妹技巧第二招：言語騷擾連珠砲。

卡咪實在是我高攀不上的天鵝肉，但她的朋友麥迪遜．哈能也很辣。五年級的時候，我猜想麥迪遜希望引人注意，因爲卡咪很辣。（注：現在十七歲的我回想起來，十歲的女生能辣到哪裡去？不過，當時這一切都再合理不過。）

總之，面對麥迪遜，我用的招數和其他的五年級生一樣：打是情，罵是愛。我用不間斷的惡毒言語騷擾她，完全不合常理的騷擾，好比說：我會叫她麥迪遜大道哈能，當時我根本不知道麥迪遜大道是什麼，還有麥迪遜壞壞、麥迪遜肥肥。我花了點時間才想出「麥迪遜斃了」，這個名字逗樂了其他同學，所以我後來都這樣叫她。

問題是，我幹得太過火了。我說她有顆小小的恐龍腦，另一顆長在屁股上。我說她的家人都不吃晚餐，只會坐在一起對著彼此放屁，因爲他們愚蠢得不曉得食物是什麼。有一次，我打電話到她家，告訴她用嘔吐物洗頭。

聽著，我是個白痴。我不希望別人覺得我暗戀她，所以我決定讓大家都以爲我眞的非常討厭麥迪遜．哈能。沒有理由。想到這裡，我眞的很想朝著自己的眼睛來上一拳。

一個禮拜之後，有天我惹她哭了，大概是跟鼻屎護唇膏有關吧，細節我記不得了，然後學校老師給了我一個小學禁制令的處分。我默默接受，接著五年間都沒再跟麥迪遜・哈能講上一句話。時至今日，這還是個未解之謎。葛雷對麥迪遜充滿未解恨意的一週。

老天。

失敗把妹技巧第三招：轉移目標。

好，老媽逼我在猶太人十三歲成年禮之前都得念希伯來學校，過程實在太痛苦了，我不想多說。反正希伯來學校的重點只有一個：男女學生比例懸殊。班上只有我和另一名男同學賈許・麥茲格，以及六名女同學。問題在於，她們之中只有蕾雅・凱森博很辣。另一個問題又來了，賈許・麥茲格跟種馬沒兩樣。他因爲游泳，有一頭褪色的鬈髮。他也很嚴肅，話不多，我害怕他這點，但這點同時吸引女孩。就連老師都很喜歡他，希伯來學校的老師全都是女性，大多未婚。

反正呢，六年級了，該跟蕾雅・凱森博玩玩遊戲。爲了要贏得她的芳心（接下來是可以打進世界紀錄的愚蠢行爲），我決定讓她吃醋。也就是說，我要故意向瑞秋・庫許納示好。她長相普通，有著大大的牙齒，以及一頭比賈許・麥茲格還誇張的亂髮。跟瑞秋・庫許納聊天沒有什麼意思，因爲她講話速度很慢，彷彿也沒什麼話好說。

她有一個特點，她覺得我是全世界最好笑的人。眞的，我說任何話都能逗她發笑，不管是模仿老師、做鬥雞眼，還是學鴿子跳舞，她都會笑。這點對於提升我的自信有絕佳效果，不幸的是，這卻影響了我和蕾雅・凱森博之間發展的機會。沒多久，她就以爲我和瑞秋是可愛的佳偶，這是她某天放學後親口告訴我的。

忽然間，我多了個女朋友，還不是我想要的女朋友。用全班森高中最粗魯、最不會講英文而且英文還是第二語言的外國學生尼扎的話來說，就是：「操你個雞雞屁股」。

隔天，我透過電話告訴瑞秋，我只想跟她保持朋友關係。

「沒關係。」她說。

「太好了。」我說。

「你想來我家玩嗎？」她問。

「呃。」我說，「我的腳卡在烤麵包機裡。」這話眞蠢，但不消說，還是讓她爆笑起來。

「認眞的，你想不想過來？」她又問，這是在她經過三十秒不能控制的大笑之後的事。

「我必須先處理烤麵包機的問題。」我說。我曉得這場對話不會有任何進展，於是我掛上電話。

這個笑話延續了幾天，接著是幾個禮拜。有時，她打電話來，我說我黏在冰箱上；有時候，我又不小心將自己銲接在警車上。後來我朝動物界發展，我說：「我得跟凶猛的老虎搏鬥。」或是：「我正在消化袋熊。」這些話都不合理。最後，瑞秋再也不覺得好笑了，她說：「說眞的，葛雷，如果你不想和我一起玩，你直說就好了。」但是基於一些理由，我說不出口，我覺得這樣說很過分。最蠢的是，我實際上的行爲明明就更過分，我當時沒有意識到這點。

我剛剛朝著自己眼睛打了一拳。

希伯來學校的生活變得非常尷尬。瑞秋不再和我講話，但這點對於我跟蕾雅一點幫助也沒有。我是說，當然啦，她以爲我是個大混蛋。事實上，我讓她明白所有的男生都是混蛋，因爲在我跟瑞秋失敗後沒多久，她變成了蕾絲邊。

失敗把妹技巧第四招：向「奶奶」致敬。

國一的時候，瑪拉．巴士底有著波濤洶湧的巨乳，不過，向女生的胸部致敬眞的不是什麼好方法。我可是有慘痛的教訓。而且，讓人注意到女生的「奶奶」一共有「兩個」也不是什麼好事。我不曉得爲什麼會這樣，但我眞的沒說謊。「妳的奶奶很美」，爛。「妳有著好看的奶奶」，更爛。「左奶與右奶都是美奶」，不及格當掉。

失敗把妹技巧第五招：裝紳士。

國二時，瑪麗亞．愛波斯一家搬到匹茲堡來。她上學第一天跟大家自我介紹的時候，我整個人眞的像著火一樣。她好可愛，看起來滿聰明的，最棒的是，她根本不曉得我與女性同胞不堪的過往。我明白自己得動作快。那天晚上我崩潰了，直接問老媽女生到底要什麼。

「女生喜歡紳士。」她說，還提高音量加了一句，「女生喜歡常常收到鮮花。」她瞪著老爸。那天好像是她生日隔天之類的日子。

第二天上學的時候，我穿著西裝，帶了一朵眞正的玫瑰花去學校，還搶在第一節課之前把花送給瑪麗亞。

「希望我有這個榮幸，邀請妳在本週末與我一起去吃冰淇淋。」我以英國腔開口。

「眞的嗎？」她說。

「葛雷，你看起來跟水果一樣。」經過的運動員威爾．考奧德說。

但這招居然奏效，太不可思議了！我們眞的出門約會。我們約在橡樹園，我付錢買冰淇淋，然後我們坐下來。我心想，從今以後，我的人生就要由黑轉紅，眞是太棒了。

就是這個時候，她開始講話。

我的天啊，這女生還眞能講。她的話超級多，內容則是一成不變，都是關於她在明尼蘇達的朋友，而我一個都不認識。她永遠只想聊這個。我聽了幾百個小時關於這些人的故事，因爲我是紳士，我不能說「有夠無聊」或是「妳已經說過了」。

問題在於裝紳士這個策略實在太成功，期許太高了。我每天都得穿最體面的衣服出門，總要掏錢付帳，每天晚上還得「聽」電話聽上幾個小時。爲了什麼？肯定上不了床，因爲紳士是不會胡搞瞎搞的。不過我那個時候還不曉得胡搞瞎搞是什麼意思。再說，我講話還得裝出那蠢得要死的英國腔，大家都覺得我腦袋壞掉了。

我必須停止這樣的行爲，但該怎麼做呢？顯然我不能直接說：「瑪麗亞，如果花時間和妳在一起只是要我付錢、聽妳講話，那也太不値得了。」我想出一個讓她崩潰的辦法，就是一直講恐龍的事情，或是假裝自己是恐龍，但我沒有勇氣幹出這些事情，實在太爲難了。

忽然有一天，艾倫．溫拿拯救了我。他帶瑪麗亞去看電影，並且在戲院後排親熱。隔天上學的時候，他們就成了男女朋友。鏘鏘鏘！問題解決了。我還假裝心懷怨恨，事實上鬆了口氣，還在歷史課上笑到不能自己，只好藉故去保健室。

就這樣了，高中的日子我也懶得向女生搭訕，或繼續發展什麼把妹技巧了。老實說，瑪麗亞徹底打消我想要一個女朋友的念頭。如果全世界的女朋友都像她一樣，我看還是算了吧。

4 她們的現況

小名卡咪的卡梅隆．馬歇爾現在是數學競賽的隊長。她還是揹著Hello Kitty的背包，這點也不算太諷刺。她當然再也不是他們班上最辣的女生，不過，我覺得她應該不在乎這個。

麥迪遜．哈能辣到冒煙，男朋友應該是匹茲堡鋼鐵人隊的足球員之類的。

蕾雅．凱森博剃光頭髮，臉上掛了很多金屬裝飾，班森高中八成的英文老師都已經放棄逼她讀男性作家的作品。

瑪拉．巴士底和她厲害的「奶奶」一起轉學去了另一間學校。

瑪麗亞．愛波斯現在是劇團成員，身邊有一群男同志姊妹淘，包括賈斯汀．豪爾。見鬼了，他們每天只會嚼舌根嚼個不停。

瑞秋．庫許納在高三這年罹患急性骨髓性白血病。

5 將死的女孩

我在腦袋裡想像她的樣子，大大的牙齒、亂亂的頭髮，在看不見的微小戰場裡，這些亂七八糟的東西在她的血管裡漂來漂去。

我差不多是在到家之後就得知瑞秋的病情。

好，再說一次，高三開學日，如果不能說過得很完美，也算是不怎麼恐怖，眞是出乎我意料。每個人，從追求時尚的富二代奧莉維亞．萊恩到粗魯的敘利亞人尼扎，大家都覺得我很好，沒有人打算策畫讓我出糗的場景。眞是前所未見啊。而且，大致看來，狀況輕鬆許多，現在不會有高年級生把小包裝的芥末醬擠在我頭上或背包裡。原來這就是高三生活啊。每堂課的老師則一直說今年大家會有多辛苦之等等，但是到了高三，你發現他們每年都講一樣的話，每次都騙人。

我走到了人生的高點，完全不曉得老媽走進我房裡這一刻，我就會從人生巓峰摔下來。這段精華時刻只維持了八個小時。

內景：我的房間

時間：白天

葛雷坐在床上。他才剛放學回家，正想讀一點課堂指定的《雙城記》，但他實在沒有辦法專心，因爲他「莫名奇妙勃起」了。乳房的照片出現在放置一旁的筆記型電腦上，對他的「生理反應」更是一點幫助也沒有。然後，傳來一陣敲門聲。

媽：（從鏡頭外面講話）葛雷？親愛的。我可以進去跟你談談嗎？

葛雷：（低聲地）靠、靠、靠！

媽：（進房時看到葛雷關上電腦）寶貝，你好嗎？

媽蹲坐在床前的地板上，雙手環胸，眉頭糾結，額頭皺起了紋路。她正專注地看著葛雷。從這幾個可靠的徵兆看來，老媽要叫葛雷幹些討厭的事情了。

葛雷的「莫名奇妙勃起」已經完全消縮。

媽：寶貝，你好嗎？

葛雷：幹麼啦？

媽：（經過一段漫長的靜默）寶貝，我有一個不好的消息要告訴你。眞是太遺憾了！

鏡頭特寫葛雷不解的神情，他思索著所謂不好的消息會是什麼？老爸不在家，大學開除他了？因爲他很怪？一個人會因爲很奇怪而遭到開除嗎？還是老爸一直過著雙重生活，他是犯罪集團的首腦？現在身分曝光，一家人必須逃到加勒比海的神祕島嶼？島上的居民都住在金屬屋頂生鏽的破爛小屋裡，還養著羊。那裡的女生用剖半的椰子遮胸部，以樹葉當裙子。還是那是夏威夷？葛雷不小心想成了夏威夷。

葛雷：好。

媽：我剛才和丹妮斯．庫許納講完電話。她是瑞秋的媽媽，你認識丹妮斯嗎？

葛雷：不熟。
媽：但你跟瑞秋是朋友。
葛雷：算吧。
媽：你們之前還交往過，對吧？她是你的女朋友。
葛雷：（覺得不太自在）那大概是六年前的事了。
媽：寶貝，瑞秋診斷出白血病。丹妮斯剛剛才曉得。
葛雷：噢。（經過一段短暫的靜默，愚蠢地問）很嚴重嗎？
媽：（開始啜泣）噢，寶貝，他們還不清楚狀況。他們正在做檢查，他們會想盡一切辦法，但目前還不清楚。（靠向前）小甜心，我眞的很遺憾。太不公平，眞是太不公平了！
葛雷：（口氣聽起來更白痴）呃……爛透了。
媽：沒錯，你說得沒錯，眞的爛透了。（這話聽起來情緒化又很奇怪，因爲父母不會說「爛透了」這種字眼。）爛透了，眞的徹底爛透了。
葛雷：（還在想辦法擠點適合的字眼出來，但失敗了）這，呃，眞的很爛……很糟糕。（如果他繼續講，也許可以變出聽起來比較聰明的話？）
眞的是糟糕到家了。（天啊！）拜託！
媽媽：（崩潰地）眞的很糟，你說得沒錯。這一切糟過頭了，葛雷，噢，我可憐的小寶貝。眞的非常非常糟。

葛雷覺得尷尬，便從床上起身，走到媽媽身旁想抱她一下。媽媽正哭著前後搖動身軀。他們以蹲坐的姿態互抱了一下。

鏡頭特寫葛雷困惑又有點呆滯的臉，顯然他很難過，但事實上，他之所以難過是因爲他老媽比他難過，讓他覺得內疚，還有一點憤恨不平。老媽和瑞秋有這麼熟嗎？沒有啊！那老媽幹麼這麼大驚小怪？再說，葛雷爲什麼不多崩潰一點？他不想因爲這種事情而哭，所以他就是壞人了嗎？葛雷忽然驚覺這件事將會變得討人厭，還會浪費他不少時間。

媽：（哭泣終於和緩下來）親愛的，瑞秋在這個時候會更需要朋友的支持。

葛雷：呃……

媽：（再次認眞地）比平常更需要。我知道這很難，但你沒有選擇的餘地。這是你的成年禮。

「成年禮」在希伯來文裡的意思是「屁股上的大痔瘡」。

葛雷：嗯……

媽：你花時間陪她，就會知道自己能夠改變她的生命。

葛雷：嗯哼……

媽：眞的爛透了，但你必須堅強。你必須當個好朋友。

果眞爛透了。我該怎麼做？如果我現在打電話給她，提議我們終於可以出來一起玩了，這樣會比較好嗎？我又該說什麼？「嘿，聽說妳得血癌。看來妳需要緊急處方，也就是強效葛雷！」一開始，我根本不知道白血病是什麼，於是我打開了電腦。

就是這個時候，大概有一、兩秒的時間，我跟老媽一起看著那對奶子。

媽：（厭惡地）嘿，葛雷。

葛雷：怎麼有這個？

媽：我問你，你是不是很喜歡看這種東西？看起來超假的。

葛雷：妳知道這是什麼嗎？呃，這是臉書的新廣告，會自己彈出來，基本上都是色情圖片，有時就會這樣跑出來……

媽：眞的胸部看起來才不會像水球。

葛雷：這是廣告。

媽：葛雷，我不是笨蛋。

結果呢？白血病就是血液細胞的癌症，是發生在青少年身上的癌症，不過，瑞秋罹患的急性骨髓性白血病鮮少出現在青少年身上。「急性」意謂著這種白血病來源不明，且擴散速度很快；「骨髓性」自然跟骨髓有關。簡單來說，瑞秋的血液和骨髓正受到動作迅速、侵略性強的癌症細胞攻擊。我在腦袋裡想像她的樣子，大大的牙齒、亂亂的頭髮，在看不見的微小戰場裡，這些亂七八糟的東西在她的血管裡漂來漂去。現在我的心情眞的很差，但我不哭，反而想吐。

葛雷：其他人知道嗎？

媽：我覺得瑞秋的家人想保密一會兒。

葛雷：（警覺起來）所以我不該知道這件事？

媽：（態度有點詭異）不，親愛的，你知道沒關係。

葛雷：為什麼？

媽：這個嘛，我跟丹妮斯講過了。你知道，我們覺得你可以讓瑞秋感覺好一點。（開始碎碎念）瑞秋眞的很需要朋友，寶貝。

葛雷：好。

媽：她眞的很需要有人能夠逗她笑。

葛雷：好啦、好啦。

媽：我在想啊，如果你能花點時間……

葛雷：好啦、好啦，拜託！

媽抱了抱葛雷，臉上浮現哀傷、明白的神情。

媽：可以難過，沒關係。

6 電話性愛

「我打電話給醫生，他說妳需要來一記強效葛雷。」
「那是什麼？」
「就是我。」
「噢。」

我坐在那裡，因爲不曉得該說什麼而癱軟。對一個將死的人，你能說什麼？她也許不曉得你知道她快死了？我列出一連串開場白，看起來沒有一個適合。

開場白：

嘿，我是葛雷。想出來晃一晃嗎？

可能的對話：

瑞秋：你爲什麼忽然想約我出去晃一晃？

葛雷：因爲我們快沒時間可以一起玩了。

瑞秋：所以你是因爲我快死了才想一起玩。

葛雷：我只是想來點「瑞秋時間」！妳知道！花開堪折直須折啊。

瑞秋：這大概是我聽過最白痴的對話了。

葛雷：歡迎重拾往日時光。

開場白：

嘿，我是葛雷。聽說妳得了白血病，我打電話來希望妳感覺好一點。

可能的對話：

瑞秋：爲什麼你打電話來，我就會感覺好一點？

葛雷：因爲，呃，我不知道！

瑞秋：你讓我想起當年你不願意出來一起玩的時光。

葛雷：要命。

瑞秋：你現在又毀了我人生的最後幾天。你現在正在做這件事。

葛雷：……

瑞秋：我只剩下幾天好活，而你把你的嘔吐物搞得到處都是。

葛雷：靠，讓我再試一次。

開場白：

嘿，我是葛雷。妳、我、義大利麵湊成三個人。

可能的對話：

瑞秋：啥？

葛雷：我要跟妳約會，葛雷路線的約會。

瑞秋：什麼？

葛雷：聽我說，我們能夠在一起的時間很少，很寶貴。讓我們彌補過往失去的時光。我們在一起吧。

瑞秋：噢，我的天。眞是太浪漫了。

葛雷：……

葛雷：不妙！

沒有一個開場白可行。老媽要我重拾一段毫無誠實基礎、又以可怕尷尬終結的友誼。怎麼辦？辦不到啊！

「喂？哪位？」電話那一端，瑞秋的媽媽開口。她的口氣急躁不已，彷彿狗吠。這就是標準的庫許納太太口氣。

「呃，嗨，我是葛雷。」我說。接著，不曉得爲什麼，我沒有直接問瑞秋的電話，反而說，「妳還好嗎？」

「葛——雷——」庫許納太太說，「我很好——好——」轟！她的口氣忽然變了。我從來沒有見識過她的這一面，也不期待見到就是了。

「太好了。」我說。

「葛雷，你好嗎——嗎？」她用女人跟貓講話的聲音說話。

「呃，好。」我說。

「學校怎麼樣——樣——樣？」

「還在想辦法撐下去。」我說，此話一出，我忽然發現，對某個女兒得癌症的人講這種話實在愚蠢至極，我差點掛斷電話。不過，她又說：「葛雷，你好好笑。你一直都這麼好笑。」

聽起來她好像是認眞的，但她根本沒有笑啊。恐怕事情會越來越詭異。

「我是打電話來請問瑞秋房間的電話號碼的。」我說。

「她會很想聽到你的聲音。」

「是啊。」我同意。

「她就在房裡等著。」

這話是什麼意思？在她房裡，等著？等我？等死？我的天啊，眞是一點希望也沒有。我得想辦法讓氣氛積極正面一點。

「活出滿盈的人生。」我說。

這是三十秒內我第二次說出愚蠢的話，我再次考慮闔上手機，整個吞下肚。

但是，「葛雷，你眞的很幽默。」庫許納太太說，「別讓他們奪走你的幽默感，好嗎？你要一直保持下去。」

「他們？」我警覺地說。

「其他人。」庫許納太太，「全世界。」

「呃……」我說。

「葛雷，這個世界會想盡辦法打壓你。」庫許納太太說，「他們只想壓死你。」我沒辦法回話，她又說：「我也不知道自己在講什麼。」

庫許納太太迷路了。是時候該乘風破浪閃人，或淹死在一片瘋狂的怒海之中。

「哈利路亞。」我說，「讚美主。」

「讚美主。」她感嘆地說完，咯咯笑起來，「葛雷！」

「庫許納太太！」

「叫我丹妮斯就好。」她令人驚恐地說。

「太好了。」我說。

「給你瑞秋房間的電話。」丹妮斯告訴我號碼，謝天謝地，終於要來了。我差點就鬆口氣了，我要跟我那「其實不算交往過的前女友」談談距離她不遠的死亡了。

「嗨，我是瑞秋。」

「嘿，我是葛雷。」

「嗨。」

「喲。」

「……」

「我打電話給醫生，他說妳需要來一記強效葛雷。」

「那是什麼？」

「就是我。」

「噢。」

「呃，是很方便的凝膠藥片。」

「噢。」

「對！」

「我猜你知道我病了。」

「對。」

「我媽跟你講的嗎？」
「呃，我媽告訴我的。」
「噢。」
「對，呃。」
「怎樣？」
「什麼怎樣？」
「你要說什麼？」
「呃……。」
「葛雷，你到底要說什麼？」
「這個啊，我是打電話來……問妳……想不想一起玩。」
「現在嗎？」
「呃，對。」
「不，謝了。」
「呃，妳不想出來玩嗎？」
「不想，但還是謝了。」
「這個……也許改天？」
「也許改天。」
「好，呃……再見。」

「再見。」

我掛斷電話，覺得自己是世界第一名的大混蛋。這段對話跟我設想的狀況一模一樣，但我還是徹底鑽進死胡同裡。對了，每次老媽想插手我的社交生活，就一定會出現這種尷尬的失敗場景。我先聲明，當孩子還在念幼稚園的時候，媽媽插手孩子的社交生活是可以接受的。不過，老媽一直到我國三才罷手，不再「替」我約別人一起玩。最慘的是，其他由媽媽安排玩耍的十二、三歲孩子都是中度到重度發展遲緩的人。我不詳細解釋，這麼說吧，這種狀況會讓孩子產生情緒問題，大概也正是我花這麼多時間崩潰和裝死的原因。

總之，你在這裡見識到的只是「葛雷媽媽生活干擾」的冰山一角而已。她無疑是最大的障礙，擋在我和我先前想要擁有的社交生活之間。再說一遍，我追求的就是沒有朋友、沒有敵人、沒有尷尬的社交生活。

我想，是時候應該介紹一下我的家人。如果這部分很難看，請原諒我。

7 賈恩斯一家人簡介

沒有「如果」、「而且」或「但是」存在的空間。老媽這項特質就跟屁股上的超級大痔瘡一樣，就我所知，她這個性基本上已經毀了我跟厄爾的人生。老媽，眞是感謝啊。

再說一次，讓我們盡快結束這個章節。

維克·賈恩斯博士：我老爸，卡內基梅隆大學古典學教授。天底下沒有人能比維克·昆西·賈恩斯博士更怪了。我對老爸的理論如下：他在八〇年代是個派對動物，酒精跟藥物破壞了他大腦的某些迴路。他最喜歡做的一件事是坐在客廳的搖椅上，前後搖來搖去盯著牆壁猛瞧。在家的時候，他通常穿著一件長袍，看起來像是剪了幾個洞的毯子；他還會對貓講話，貓貓史蒂文斯，好像牠是一個眞正的人。

要不去羨慕老爸實在很難。他一個學期頂多教兩門課，通常只有一門，上課時間在一個禮拜的比重算是很少。有時，他們給他一整年的時間寫書。老爸對其他共事的教授很沒耐心，總覺得他們太愛抱怨。老爸會花時間待在匹茲堡著名的橫排區，逛那邊的食品專賣店，和老闆聊天，買些奇奇怪怪的動物製品，通常是家人不吃的，好比說犛牛牛肚、鴕鳥香腸和魷魚乾。

每兩年，老爸會留鬍子，看起來就跟塔利班恐怖分子沒兩樣。

瑪拉·賈恩斯：我老媽，曾經嬉皮過一段時間。在跟老爸結婚之前，老媽過著非常有意思的生活，但細節她沒有多說。我們知道她曾在以色列住過一陣子，懷疑她的前男友是沙烏地阿拉伯的王室，這算是件大事，因爲她是猶太人。事實上，瑪拉·惠思曼·賈恩斯是個徹頭徹尾的猶太人。她是「一眞愛」的執行董事，這個非盈利組織會把猶太青少年送去以色列的集體社區工作，順便擺脫處子之身。我必須指出，擺脫處子之身這點可不在「一眞愛」的工作簡介裡。我只是說，你離開以色列時不可能沒翻雲覆雨過，就算在你的骨盆部位鎖上二十公分厚的鈦金尿布，你還是可以找到人上床。官方觀光簡介上應該要注明：以色列，貞操終結之地。

以色列人好好上。

總之，我媽是個很可愛的人，她放任老爸做他想做的事情，但她意見超多，很難說服，特別是關於對與錯的議題，當她認爲某事是對的、一定要去做的時候，不管怎麼樣，不管我們喜不喜歡，那事兒就會辦到好爲止。沒有「如果」、「而且」或「但是」存在的空間。老媽這項特質就跟屁股上的超級大痔瘡一樣，就我所知，她這個性基本上已經毀了我跟厄爾的人生。老媽，眞是感謝啊。

葛瑞琴．賈恩斯：葛瑞琴是我的大妹，十四歲，這意謂著任何普通的溝通互動都注定失敗。我們以前是好朋友，但十四歲的女生全都精神錯亂。她最大的興趣就是對老媽鬼吼鬼叫，然後不管晚餐是什麼菜色，她都不吃。

葛芮思．賈恩斯：葛芮思是我的小妹，六歲。我跟葛瑞琴很確定葛芮思是個意外。順帶一提，你大概注意到我們家三個小孩的名字都是葛開頭，「葛」字不是猶太人取名字的傳統用字。某天吃晚餐的時候，老媽酒喝太多，便向我們透露，早在我們出生之前，她發現她的孩子都會冠上老爸那一點也不像猶太人的姓氏，她就決定我們三個要成爲「出人意表的猶太人」，也就是默默使用盎格魯—撒克遜人名的猶太人。我知道，一點也不合理。我猜這點顯示了我們家族對於殭屍食腦真菌實在毫無抵抗能力。

總之，葛芮思渴望成為作家和公主，她跟老爸一樣，都會把貓貓史蒂文斯當人看。

貓貓史蒂文斯．賈恩斯：貓貓史蒂文斯曾經是隻很棒的貓，牠會做很多事情，好比說用後腳站起來、看到有人進來就發出嘶嘶聲、在走道上跑來追你，還會用雙手抱著你的小腿，開始咬你。不過，牠現在老了，速度變慢了。你還是可以逼牠咬你，但你得先搔晃牠的肚子。理論上來說，牠是我的貓，是我幫牠命名的。我七歲時從全國公共廣播電台聽到貓貓史蒂文斯這個名字，當然啦，賈恩斯府上能聽的就只有這個電台，當時我覺得貓叫這個名字實在太適合了。

多年後，我才曉得貓貓史蒂文斯是一位音樂家，還長得不怎麼上相。

我實在必須再次強調：老爸跟貓貓史蒂文斯（貓咪）很像。他們能一起進行漫長的哲思冥想，有時老爸會把貓貓史蒂文斯當鼓來拍打，貓貓很愛。貓貓史蒂文斯也是全家唯一一名喜歡吃老爸從橫排區買回來的肉的成員，不過，有時牠會以嘔吐來表示牠對食物的熱愛。

伽瑪伽瑪．賈恩斯：老爸他媽，住在波士頓，偶爾會來我們家。她的名字和貓貓史蒂文斯一樣，都是我小時候取的，我沒有幫她想新名字，所以我和兩個妹妹都得叫她伽瑪伽瑪。有夠尷尬，我想年輕時大家都會犯錯吧。

8 電話性愛之二

有效的葛雷式溝通技巧之一，就是把先前的自己拖去撞公車。十二歲的葛雷對妳來說是個混蛋，對吧？他對誰都這麼混蛋。

我在禮拜二得知瑞秋罹患白血症的消息。禮拜三，在老媽繼續叨念之後，我又試著打電話給她，她再次不想一起玩。禮拜四，她一聽到我的名字就掛上電話。

到了禮拜五，我已經不想再打電話過去了。放學一回到家，我直接跑往電視間看電影。精確來說，是看《阿爾發城》（導演高達，一九六五年拍攝），爲了研究，我晚點會再跟厄爾重看一次。我了解你到現在還不清楚厄爾是誰，即使我們已經走到這本難以忍受的蠢書深處。很快，我很快就會介紹厄爾，等我用頭撞一下門再說。

總之，電影還沒看完，老媽就走進來，使出她的招牌動作。關電視，張開嘴巴，開始一連串語言的疲勞轟炸。我說什麼都沒辦法讓她閉嘴，根本止都止不住。

媽：你沒得選，葛雷，現在有一個大好機會，讓你能夠改變別人……

葛雷：媽，搞什麼！

媽：這種機會少有，你可以做點有意義的事。我告訴你，這不是……

葛雷：又是瑞秋嗎？

媽：我看你每天動不動就像條死蟲一樣鬼混，在你鬼混的時候，你的朋友……

葛雷：我可以說話嗎？

媽：讓人無法接受，徹底無法接受，你有全世界的時間，瑞秋卻只剩……

葛雷：媽，閉嘴，我可以說話嗎？

媽：你能有什麼藉口比一個女孩子的幸福快樂還重要？這個女孩得了……

葛雷：拜託，閉嘴！
媽：你給我拿起電話，你給我打電話給瑞秋，你給我安排時間。
葛雷：瑞秋根本不聽我說話！她掛我電話！媽！她、掛、我、電、話！
媽：在這個世界上，說到底，你要學著給予，因爲其他人賜予你一切……
葛雷：啊啊啊啦啦啦啊啊啊啦啦啦……
媽：你以爲「啊啊啊」就可以逃避一切了嗎？小子，你好好想想，我告訴你，門兒都沒有！

沒辦法，我得打電話給瑞秋。老媽的疲勞轟炸是止不住的。老媽大概是靠這項天分才能當上非營利組織的老闆吧，非營利組織的任務就是說服別人做事。就跟威爾．考奧德說服你將多力多滋交給他一樣，不過非營利組織不會讓你擔心等會兒他會不會忽然從更衣室跳出來，還用毛巾打你光溜溜的屁股。

好吧，我只能再打電話給瑞秋。

「你要做什麼？」
「嗨，拜託別掛斷。」
「我說，你要做什麼？」
「我想跟妳一起玩，可以嗎？」
「……」

「瑞秋？」

「你在學校都不理我，放學後才想一起玩？」

呃，沒錯。我跟瑞秋有幾堂課一起上課，包括微積分，她就坐在我旁邊。而且，對，上課時我沒有刻意找她說話。不過，我是說，我在學校就是這樣啊。我不會和任何人聊天，沒有朋友，沒有敵人，這才是重點。

如果你以爲我知道該如何在電話裡解釋這一切，那可好了，你根本沒有仔細看書。我的溝通技巧和貓貓史蒂文斯不相上下，但會咬你的是牠，不是我。

「不，我沒有故意躲著妳。」

「有，你就是躲我。」

「我以爲是妳在躲我。」

「……」

「嗯，對。」

「不過你一直都在躲我。」

「嗯。」

「我一直以爲你不想跟我做朋友。」

「嗯嗯嗯。」

「……」

「……」

「葛雷？」

「事實是，妳傷了我的心。」

我在某些方面很聰明，好比說字彙能力很強，數學很厲害，但我肯定是世界上最笨的聰明人。

「我傷了你的心？」

「呃，算是。」

「我如何『算是』傷了你的心？」

「呃……記得賈許嗎？」

「賈許．麥茲格？」

「在希伯來學校的時候，我以為妳喜歡賈許。」

「你為什麼這麼想？」

「我以為全班同學都愛上賈許了。」

「賈許看起來一直都鬱鬱寡歡的。」

「不，他是嚴肅，還很……夢幻。」

「葛雷，聽起來是你愛上賈許了。」

「哈嗚。」

眞是前所未見，以前從來沒有發生過這種事。瑞秋居然逗我笑了。我是說，雖然她說的話不是很好笑，但我眞的沒料到她會這麼講，所以我沒有笑，反而發出「哈嗚」的聲音。總之，這個時候，我知道她接受我了。

「你眞的以爲我喜歡賈許？」

「對啊。」

「你眞的很傷心？」

「當然傷心。」

「好啊，那你也該說一聲吧。」

「對，我對這事的反應很蠢。」

有效的葛雷式溝通技巧之一，就是把先前的自己拖去撞公車。十二歲的葛雷對妳來說是個混蛋，對吧？他對誰都這麼混蛋。他房裡還有三十隻塡充玩偶！眞是個遜咖！

「葛雷，對不起。」

「不！不、不、不，是我不好。」

「好啦，你現在在幹麼？」

「沒事做。」我說謊。

「要的話，你可以來我家。」

任務達成，只是我得先向厄爾通報一聲。

9 與厄爾的典型對話

順帶一提，厄爾的預設心情是「不爽」，第二預設是「超級不爽」。

「嘿，厄爾？」

「怎樣，伙計？」

「伙計」是個好預兆，這詞和「老兄」的意思差不多，厄爾用這個字眼的時候代表他心情很好。眞是罕見。

「爲啥？」

「嘿，厄爾。我今天不能看《阿爾發城》了。」

「抱歉，兄弟。我得跟一個在……呃，猶太教堂認識的女孩見面。」

「什——麼？」

「她得了……」

「你會舔她小穴嗎？」

厄爾有時眞的很亂來。他的國中時光眞的是鬼混混完的，信不信由你。那個時候，他問話的口氣會更激烈、更可怕。

「對，厄爾，我會舔她小穴。」

「呵。」

「對。」

「你知道要怎麼舔嗎？」

「呃，不太清楚。」

「賈恩斯老爸從來沒有跟你一起坐下來，說：兒子，有一天你會舔人家的小穴。」

「沒有，但他教過我怎麼舔屁眼。」

當厄爾的噁爛模式全面啓動的時候，你只能跟著玩，不然你會顯得很蠢。

「願上帝祝福他。」

「是。」

「我可以教你幾招技巧，但有點複雜。」

「可惜了。」

「我需要一些圖表之類的東西。」

「這樣啊，那今晚你可以畫一點東西出來。」

「孩子，我沒時間。今天大概有二十個小穴等著我。」

「是的。」

「我要趕小穴期限。」

「你有二十個排排站的陰道。」

「噁，見鬼，誰在說陰道。葛雷，你有什麼毛病。老兄，你真是太噁爛了。」

厄爾有時會故意鬧你，假裝你很噁心，他才是正常人；顯然就是他噁心多了。這是近年來他精通的幽默手法。

「噢，抱歉。」

「老兄，你好噁心。你這變態。」

「對，眞的是有點過火了。」

「我說的是小穴。這裡加點蜂蜜芥末，那裡來點番茄醬，一盤美好的小穴。」
「對，這樣不噁心。我說的才噁心，你說的不噁心。」
「加點第戎芥末醬，來點美奶滋。」
噁爛模式全面啓動會持續很久，如果你眞有什麼話要講，你必須無預警改變話題。
「所以對啦，抱歉，今晚沒辦法看高達了。」
「那你要明天看嗎？」
「好啊，咱們明天再看。」
「放學之後。想辦法弄點小塊的烤牛肉來。」
「好，但我想老媽今天應該沒有要烤牛肉。」
「烤、牛、肉。幫我向賈恩斯爸媽傳達很多愛，伙計。」
我和厄爾是朋友，或許吧。事實上，我和他更像工作伙伴。
認識厄爾．傑克森的第一點，如果你提到他的身高，他會使出迴旋踢踹爛你的頭。矮子的運動神經通常都很發達。厄爾的體型看起來是個十歲的孩子，但他可以踢到兩百一十公分高。順帶一提，厄爾的預設心情是「不爽」，第二預設是「超級不爽」。
他不只矮，看起來年紀也小。他有一雙圓圓的眼睛，長得有點像尤達大師，女生看到他都會展現出母愛，用哄小孩的方式跟他講話。大人從來沒把他當成一回事，特別是學校老師，他們沒辦法用跟一般人講話的方式跟他溝通。他們會把身體壓得過低，然後用誇張又抑揚頓挫的聲音說：「哈囉，厄爾！」好像他有隱形的能力場，能把身邊的人變白痴一樣。

更慘的是厄爾一家子都長得比他高，他的兄弟、同母異父的兄弟、繼父的女兒、表兄妹、阿姨、舅舅、繼父，就連他老媽都比他高。一點也不公平。他們家族烤肉的時候，每隔九十秒就會有人過來拍他的頭，還不見得是年紀比他大的人。大家會一直將他推來推去，而且沒有意識到自己推擠到他。他不能在空地裡亂逛，不然他那群哥哥會輪流跑來把他當馬背跳。如果你的人生是這副模樣，你肯定也會持續對世界憤怒。

不過，從某些角度看來，厄爾家的生活算是很棒的。基本上他家沒有大人管，住在同一個屋簷下的還有兩個哥哥、三個同母異父的兄弟，以及一條狗，他們住在賓夕法尼亞大道附近的大房子，幾乎每天都在打電動、吃達美樂的比薩。他媽媽也住家裡，不過她一直待在三樓。我們很少討論到她在樓上做什麼，特別是厄爾在場的時候，但我可以告訴你，大概跟百加得銀色莫吉托調酒與線上聊天室脫不了關係。同時樓下有六個男孩熱熱鬧鬧的，派對永不打烊！這樣的家庭會有什麼問題呢？

問題一：好，這個家庭有經濟問題。家裡沒有老爸，厄爾的老爸在德州之類的地方，同母異父兄弟的老爸坐牢了，厄爾的老媽又賺得不多。他有一對同母異父的雙胞胎哥哥，麥斯威爾與菲利斯，兩人加入了霍姆伍德當地頗有影響力的幫派，也就是「法蘭克斯鎮殺人黨」。這對兄弟靠著販毒多少支持點家用。厄爾本人試過大部分的毒品，不過，最近他只抽菸。所以，他家會有些販毒與幫派的活動，這應該也算是個問題吧。

問題二和三：我必須提一下，他們家有噪音問題：電玩、音樂、鬼吼鬼叫等。氣味也是個問題，他家總是堆滿垃圾，底下還會有一灘汁水，他的兄弟也不太洗衣服。偶爾有人喝醉了，還會吐在地板上，可能得花上好幾天的時間清理，狗狗也會隨地大便。我實在不想聽起來像個「挑剔的娘娘腔」（這是菲利斯說的），但生活在這種地方的確不是很理想。

問題四：他家的環境也不適合讀書。每天上學的人就只有厄爾，戴文和德瑞克可能一連好幾個禮拜都沒去學校，同母異父的兄弟則早已輟學。布萊登也是，他才十三歲，大概是全家最暴力、脾氣最差的人（舉例來說，他脖子上有一個看起來很痛的刺青，上頭寫著「眞黑鬼」，旁邊還有槍枝的圖案。布萊登本人也有一把槍。儘管他還沒有變聲，但他不知怎麼地，已經搞大別人肚子了。如果匹茲堡市要選出「最沒有前途的人」，他肯定會在決選名單之內）。由於上述噪音問題，傑克森府上肯定不是個適合讀書、寫功課或做任何正經事的地方。而且，如果有人看到你一個人在房裡看書，有時光是這點，對方就可以把你打到滿地找牙。

問題五至十：這棟房子本身也搖搖欲墜，前院有一個大水溝，幾間房間的天花板會漏水，家裡至少會有一座馬桶不通，而沒有人想去處理。冬天暖氣會壞掉，大家只能穿著大外套睡覺。他家肯定還有老鼠和蟑螂的問題，而且最好別喝自來水。

不過，他們家的電玩可是很厲害的。

我和厄爾玩的時候，通常都是他來我家。現在厄爾幾乎已經算是我們家的一分子了，也是我爸媽從來沒有過的兒子，一個菸不離手、個子矮小的兒子。他們是除了麥卡錫老師之外，「大概」知道該如何跟厄爾講話而不惹毛他的少數大人之一。重點在於「大概」，老爸、老媽跟他的互動總是帶有一點超現實的色彩。

內景：我家客廳
時間：白天

老爸坐在搖椅上，凝視著牆壁，他喜歡這樣。貓貓史蒂文斯則睡在沙發上。厄爾進場，他正朝前門走去，手裡敲著一盒還沒抽過的菸。

厄爾：賈恩斯先生，生活還過得去嗎？

爸：（不可思議地重複）生活？

厄爾：（慢條斯理地）你的生活如何？

爸：生活！對，生活，生活很棒。我一直這樣跟貓貓史蒂文斯說。你呢？生活如何？

厄爾：還可以。

爸：我懂了，你要出去抽菸。

厄爾：對，要一起嗎？

爸：（經過五秒鐘難解的凝視）……

厄爾：好吧！

爸：厄爾，你同意這樣的說法嗎？生活中的痛苦是一個相對的概念，不同的生活有不同的基準線，也就是一種平衡，在這種標準之下的生活就能稱之爲痛苦？

厄爾：我猜是吧。

爸：主要的重點在於，一個人的痛苦可以是另一個人的歡樂。

厄爾：賈恩斯先生，聽起來不錯。
爸：那好。
厄爾：我要出去哈一根了。
爸：年輕人，祝你平安。

老爸和厄爾之間八成都是這種對話，剩下的對話發生在老爸帶厄爾去特殊食品店或有機超商，採買噁心到讓人說不出話的食物，再一起享用的時候。那個場景怪到不行，我後來學會了迴避。

老媽跟厄爾的對話比較沒那麼瘋狂。她喜歡告訴厄爾，他是個「諧星」。她也曉得，試圖讓他戒菸實在一點好處也沒有，所以只要我不抽，她就不反對。對厄爾來說，就算在他超級不爽的時刻，只要老媽在附近，他就會放低音量，也不做出任何表現出不爽的招牌動作，好比說迅速跺腳、鬼叫或發出「呶」的奇怪聲音。他甚至不會威脅要踢任何人的頭。

這就是厄爾，我大概遺漏了很多事情，後面會再詳細介紹他。不過，我實在沒辦法相信到了那時候你還在看這本書，所以我想不用瞎擔心。

10 耍帥不成反成「蟀」

葛雷·賈恩斯的色誘三部曲：
一、裝殭屍進女生房間。
二、跟她互擊拳頭。
三、暗示自己常對枕頭手淫。

前往瑞秋家的路上，我才發現自己根本是個大白痴。

「葛雷，你眞是個白痴。」我心想，或許也大聲說出來了。「現在她覺得你暗戀她五年了。」

天啊。我在腦袋裡想像這個場景：我出現了，按了門鈴，瑞秋大力開門，擁抱著我，她的亂髮飄來飄去，大牙擦過我的臉頰。接著我們會開始親熱，或是講一些我們多愛彼此之類的話。光是想像就足夠讓我冒汗。

當然啦，她得了癌症。要是她想聊死亡怎麼辦？這樣不妙，對吧？我對死亡有根深蒂固的信念：沒有來生，死後什麼也沒有，死亡就是你永遠失去意識。我能夠對這種事情撒謊嗎？照實說眞的太沉重了，對吧？我可以為了讓她放心，編出什麼死後有來生之類的話嗎？難道死掉以後眞的會看到那些詭異、光屁股的小寶寶天使嗎？

如果她想結婚怎麼辦？她想在死前舉辦婚禮？我能拒絕她嗎？可以嗎？我的天啊，要是她想上床怎麼辦？我的小弟弟硬得起來嗎？在這種狀況下，我很確定自己無法勃起啊。

我越來越絕望，腦袋裡閃過這些問題，舉步維艱地走向她家門口。不過，前來開門的卻是丹妮斯。

「葛雷、雷、雷、雷、雷。」她用跟貓一樣的聲音講話，「看到你眞好、好、好、好、好。」

「丹妮斯，我也是。」我說。

「葛雷，你眞逗。」

「我是十二個州的通緝犯。」

「哈。」這算一聲大笑，然後又是一聲。「哈。」

「我屁股上有衛生署長的警告標語刺青。」

「別說了、別說了，哈哈哈哈哈哈哈。」

我對心儀的女生爲什麼都沒有這種效果呢？爲什麼只對老媽子和長相一般的女生有用呢？只有遇上她們的時候我才能火力全開。我實在不懂這是怎麼回事。

「瑞秋在樓上。你要來罐健怡可樂嗎？」

「不，謝了。」我想漂亮結尾，於是我又說，「咖啡因會讓我變得很欠揍。」

「等等。」

她的口氣完全不一樣了，脾氣暴躁又愛批評的庫許納太太回來了。「葛雷，誰說你欠揍？」

「噢，呃，妳知道，其他人……」

「聽著，你告訴他們，他們可以去死一死。」

「不，對啦，我只是說那是……」

「嘿，不對，你聽到沒？你告訴他們，叫他們去死一死。」

「好，他們去死一死。」

「世界需要多一點像你這樣的人，不能少。」

我現在才驚覺，難道天底下有人想要剷除我這種人？這種活動很可能第一個就找我開刀。

「好的，女士。」

「瑞秋在樓上。」

我上了樓。

我以為瑞秋房裡會有點滴架和心律監測儀，但都沒有。事實上，我以為她的房間會跟醫院的病房一樣，還站著二十四小時待命的護士。我反而可以用兩樣東西來總結瑞秋的房間：枕頭與海報。她床上至少有十五顆枕頭，牆上滿滿都是海報和雜誌剪貼，大部分是沒穿上衣的休．傑克曼和丹尼爾．克雷格。如果你光讓我看這個房間，要我猜是誰住在裡面，我的答案會是：一名擁有十五顆腦袋的外星人，專門跟蹤男明星。

不過，這個房間的主人不是什麼外星人，而是瑞秋，她正不太自在地站在門口。

「瑞秋、秋、秋。」我說。

「哈囉。」她說。

我們一動也不動地站在那裡。我們該如何向彼此打招呼呢？我向前走了一步，伸出雙臂，打算來個擁抱，但我忽然發現這個動作像殭屍一樣。她嚇得退後。這時，我必須繼續演下去。

「我是殭屍抱抱怪。」我繼續向前。

「葛雷，我怕殭屍。」

「妳不用害怕殭屍抱抱怪。殭屍抱抱怪不會吃妳的大腦。」

「葛雷，夠了。」

「好。」

「你在幹麼？」
「呃，我想說來互擊一下拳頭。」
我想要互擊一下拳頭。
「不，謝了。」
簡單摘要一下，我像殭屍一樣歪歪斜斜走進瑞秋房裡，嚇壞了她，接著要求互擊拳頭。
天底下實在不會有人比葛雷．賈恩斯更多災多難了。
「我喜歡妳的房間。」
「謝了。」
「床上有幾個枕頭？」
「不知道。」
「眞希望我能有這麼多枕頭。」
「你爲什麼不請你父母幫你買？」
「他們不會喜歡這麼多枕頭。」
眞不曉得我爲什麼要講這種話。
「爲什麼呢？」
「呃。」
「只是枕頭啊。」
「對啊，他們會起疑心什麼的。」

「懷疑你一直在睡覺嗎？」
「不，呃……他們大概會以爲我在枕頭上打手槍。」
我必須強調，這段對話我是以百分之百自動導航模式進行。
瑞秋沒說話，她張開嘴巴，眼睛睜得有點大。
最後，她終於說：「也太噁心了。」不過她的鼻子發出噴氣聲，我想起她在希伯來學校的噴氣聲，這意謂著接下來會有一陣大笑。
「我爸媽就是這樣。」我說，「他們很噁心。」
「他們不會幫你買枕頭（噴氣），因爲他們以爲你會（噴氣噴氣）、他們以爲你會打手（噴氣噴氣噴氣）……」
「對，他們以爲我就是這麼噁心。」
現在瑞秋沒辦法講話，她已經控制不了自己了。她大笑、鼻孔噴氣的狀況很嚴重，我有點擔心她的脾臟還是哪裡會不會因此破裂。話是這樣說，但當瑞秋發出一陣一陣瘋狂大笑的時候，最有趣的還是看你能逗她笑多久。
「我是說，都怪他們啦，買什麼性感的枕頭啊。」
「我們家有一個枕頭，他們最後必須燒了它，因爲那傢伙搞得我欲火焚身。」
「有個枕頭最性感了，我只想、只想跟它做愛到天明。」
「我以前會對枕頭講下流話，我會說：妳這個水性楊花的枕頭，妳眞是個小婊子，不要再玩弄我的感情了。」

「那個枕頭叫做法蘭雀思卡。」

「有天放學回家，我當場抓到那個枕頭在替對街的桌子口交，然後……好啦、好啦，我不說了。」

瑞秋求我住嘴。我閉上嘴巴，讓她冷靜下來。我都忘了她多能笑。她花了一點時間恢復呼吸。

「噢……嗚……啊……吼。」

葛雷·賈恩斯的色誘三部曲：

一、裝殭屍進女生房間。

二、跟她互擊拳頭。

三、暗示自己常對枕頭手淫。

「我該讓你跟我的枕頭保持距離嗎？」她問，還是有一點不由自主的又笑又噴氣抽搐。

「不用。妳是認真的嗎？這邊的枕頭都是男的。」

四個字：鼻涕噴發。好啦，瘋狂大笑的問題在於笑是不會持久的，笑筋遲早會發作完畢，到時就是一陣靜默。然後，你該怎麼辦？

「所以我猜妳很喜歡電影囉？」

「還好。」

「我是說，你牆上有這麼多男演員。」

「嗯？」

「休．傑克曼、休．傑克曼、丹尼爾．克雷格、休．傑克曼、萊恩．雷諾斯、丹尼爾．克雷格、布萊德．彼特。」

「重點不是電影。」

「噢。」

她坐在書桌前，我坐在她床上。這床太軟了，我整個人以非常不舒服的角度陷入床裡。「我喜歡電影。」瑞秋的口氣有點歉意。「但如果有休．傑克曼，那電影不好看也沒關係。」

就在這個時候，我收到了厄爾傳來的簡訊，可以說是眞巧也眞不巧。

賈恩斯老爸開車載我去有機商店你要什麼稀奇古怪的醃黃瓜替你的小穴加料儘管喊一聲

訊息在這個時候傳來很巧，因爲它適時轉移了電影這個話題。要和瑞秋談電影而不提到我的製片生涯實在很困難，我有各種淺顯易見的原因不想告訴她。不過，這個訊息也來得不是時候，它害我發出豬一般的哼笑聲，然後瑞秋想知道怎麼了。

「誰傳來的？」

「呃……是厄爾。」

「噢。」

「妳認識他嗎？厄爾．傑克森，我們念同一間學校。」

「應該不認識。」

我到底該怎麼介紹厄爾？

「呃，我跟厄爾會互傳噁心的訊息。」

「噢。」

「基本上我們的友誼就只有這樣。」

「這個訊息說了什麼？」

我考慮要不要和她分享，後來覺得訊息內容可能會引發世界末日。

「我不能讓妳看，實在太噁心了。」

這是個錯誤的策略，因為討人厭的女生也許會說：「葛雷，現在你眞的得讓我看看。」面對事實吧，大部分的女生都很討人厭；我是說，大部分的人都很討人厭，所以不該只局限女生。再說，我的意思不是眞的很「討厭」，我想我要表達的是，大部分的人都喜歡打亂你的計畫。

不過瑞秋有個特點，那就是：她不會一直想要打亂你的計畫。

「沒關係，你不用讓我看。」

「妳眞的不會想看的。」

「我不用看。」

「妳只要知道這封訊息結合了食物和性，好比說口交。」
「葛雷，你爲什麼還跟我講？」
「只是要讓妳確認，這是妳一點也不想知道的內容。」
「爲什麼厄爾要把食物跟性扯在一起。」
「因爲他有精神病。」
「噢。」
「他是個徹頭徹尾的瘋子。如果妳看了他的大腦一秒，妳的眼睛大概就會瞎掉。」
「聽起來他眞是個奇怪的朋友。」
「對。」
「你跟他怎麼會變成朋友了？」
天底下實在沒有好方法來回答這個看似無害的問題。
「我是說，我也滿奇怪的。」
這話讓瑞秋在大笑後還發出一點噴氣聲。
「我猜枕頭那件事是眞的滿怪的。」
我跟厄爾的確滿奇怪的，也許我們就是因爲這點而成爲朋友。不過，也許你需要多一點補充解釋。
再說，這個「奇怪」到底是什麼意思？我剛剛好像寫了五次，忽然間我盯著這兩個字，它們卻再也沒有什麼意義了。我居然謀殺了「奇怪」，現在這兩個字只是幾個湊在一起的符號。現在這書頁上彷彿都是死掉的屍體。

爲了這件事情，我已經快要崩潰了。我必須去吃些點心、剩菜什麼的。

好了，我回來了。

儘管如此，咱們還是來寫個全新的章節吧，因爲這一章不知怎麼地搞得亂七八糟，我很怕再寫下去會寫出什麼恐怖的東西來。

11 我是上帝的憤怒，我將迎娶女兒，我們會一起開創全世界血統最純正的王朝

我想，我們最喜歡的莫過於電影裡的人物都不得善終。

我跟厄爾顯然來自兩個世界。我們居然能夠成爲朋友，這點實在太瘋狂了。就某些層面看來，我們的友誼實在一點道理也沒有。我來講點幕後的故事，讓你自己下結論好了。然後我們就能凱旋回到「癌症國」。

「癌症國」跟「糖果國」不一樣，「糖果國」是個熱門的桌遊。

某些觀察家會把我們的友誼歸功於匹茲堡的公立學校體制，不過，我告訴你，我們的友誼其實見證了電玩遊戲的力量。在我們家，老媽只讓我玩寓教於樂的電玩，好比說「數學衝擊波」，這個遊戲沒有教我多少數學，反而讓我學到電玩遊戲爛斃了。總之，我認識厄爾以後，才曉得原來電玩遊戲也能這麼棒。

那是幼稚園開學的第二或第三週。當時我還沒有跟其他的幼稚園生產生多少互動，這就是我最原始的目標，因爲所有的同學看起來不是邪惡至極就是無聊透頂，有的則是結合了上述兩者。有一天，瑟比亞克老師要我們分成小組來裝飾紙盒。我們這組有我、厄爾，還有兩個名字我已經忘記的女生。她們想要用亮片貼滿紙盒，但我和厄爾覺得這樣實在太恐怖了。

「咱們用紙盒做出一把手槍來。」厄爾說。

我覺得這主意真是棒呆了。

「『黃金眼』裡的雷射槍。」厄爾補充說明。

我徹底聽不懂他在說什麼。

「任天堂六十四的『黃金眼』。」厄爾解釋道，「我哥哥有一台任天堂，只要我想要就隨時可以玩。」

「我家電腦有『數學衝擊波』。」我說。

「從沒聽過那啥玩意兒。」厄爾不屑地說。

「你必須先回答數學問題，然後可以射擊一個垃圾。」話一出口，我忽然發現自己聽起來非常可悲，於是閉上嘴巴。我只希望厄爾沒有聽見，但他顯然聽到了，因爲他用同情又不屑的眼神看著我。

「在『黃金眼』裡，你不用算數學就可以開槍打人。」厄爾得意地說，於是，事情就這樣發生了。就在女生乖乖用亮片裝飾紙盒，討論起小精靈還是家庭生活之類的話題時，我和厄爾跑到了桌子另一頭，讓他說了三遍「黃金眼」的故事。沒多久我們就決定，下課後我要去厄爾家。好像命中注定一樣，那天是老爸來接我回家，他覺得一切都沒問題，無論是讓兒子去霍姆伍德某個他完全不認識的同學家裡玩，或是這個同學家裡有兩個凶神惡煞的哥哥，其中一人一直強調要開槍殺死所有人。

厄爾欺騙了我一件事，就是他哥哥根本不允許他想玩就玩任天堂。我們抵達傑克森家，什麼事都還沒得及開始的時候，戴文（年紀最大）就宣布他要打完整個任務。

於是我們坐在地板上，望向電視螢幕閃動的光，那是我人生最美好的時刻。我們和「黃金眼」大師在一起，我們痴迷地看著戴文開坦克車穿越聖彼得堡街頭，打倒出現在他面前的所有人物。當戴文說他要再執行第二次任務的時候，我們一點也沒抱怨。我們讚嘆他悄悄闖入一艘戰艦，無聲無息地殺死好多人。

「現在你們可以玩了。」戴文切換到多玩家模式。我拿起控制器，上頭有好幾個突出物跟按鈕，我的手指沒辦法全部握到，就試著用腳趾幫忙，卻沒有太大助益。厄爾試圖想解釋遊戲玩法，沒多久就放棄了，顯然他也不算專家。我們在積雪的西伯利亞飛彈基地小跑步，朝樹林隨機丟手榴彈，受困在死路裡，因爲我們不知道該如何掉頭，結果凱文盡情屠殺我們。他每次都會更換不同的厲害武器，突擊步槍啦、霰彈槍啦，還有雷射槍。厄爾的二哥德瑞克完全無視我和厄爾的存在，專門跟戴文大師單挑。實在是白費力氣。戴文不斷地無情譏笑我們，用我們的鮮血染紅了冰凍的土地。

「你們兩個傻驢吃土去吧。」戴文最後說，「現在，滾出我的視線。」

友誼就這樣展開。很明顯地，厄爾才是老大，我只是小跟班。就算不是打電動我也對他唯命是從，因爲他見過的世面顯然比我多。舉例來說，他曉得酒擺在他家廚房何處。我很擔心我們必須喝一點小酒，幸好沒這回事。他解釋說：「酒精讓我頭痛。」

那時，傑克森府上還沒有失控。厄爾的繼父仍住在家裡，同母異父的弟弟很小，厄爾的老媽也還沒流放到三樓去。我是第一個看著厄爾家道中落的人，我並不是很想講這個故事，就不詳述了。總之，基本上就是厄爾的繼父離開家，蹲監獄去了；厄爾的老媽換過幾個男朋友、開始酗酒，等兩個年紀最小的兒子上了幼稚園之後，她基本上就放棄一切，每天只泡在網路聊天室。事情發生的當下我都有察覺，但到了發生之後才慢慢將狀況拼湊起來。直到現在我還是搞不太清楚確切的始末，這種事情對我來說眞的很難理解。

總之，狀況慢慢出現，我們就越來越少去厄爾家，改成到我家玩了。不過，我們也不太確定在我家能夠做些什麼。我們試著玩桌遊，但一點意思也沒有。我們找來一些「特種部隊」的公仔，可是公仔比電動玩具遜多了，我們都快發瘋了。我們還拿著水槍追著貓貓史蒂文斯跑，但在我們打破東西以後，老爸就不准我們這樣玩了。最後，在某個禮拜天下午，我們急著在家翻箱倒櫃，尋找有沒有任何能跟電玩相比擬的消遣時，厄爾找到了老爸收藏的DVD。

不知道爲什麼，我對老爸收藏的DVD一直沒什麼興趣。我想看的電影都是卡通，還是普遍級的。不是動畫的電影對我來說都是給大人看的。基本上，我覺得它們很無聊。大概是因爲如果我自己一個人看，這些電影會讓我無聊死吧。

不過，當厄爾找到這些DVD時，他非常訝異，睜大了眼睛說：「耶，這是好東西。」然後我腦袋裡有個零件上了軌道，我開始用不同的眼光欣賞這些DVD。

他對《阿奎爾，上帝的憤怒》[1]這部電影特別有興趣。「看這個瘋子老兄。」他高聲地說，手指著封面戴著北歐頭盔、看起來像是精神病患的克勞斯．金斯基。

在老爸首肯之下，我們播放了這部電影。成了我們人生最最最重要的一件事情。太神奇，太難懂，太可怕了，但還是很神奇。每次字幕一出現，我們就得按下暫停鍵，多數時刻，我們都得跑去找老爸解釋一下這是什麼意思，那是什麼意思，最後，老爸終於過來陪我們一起看，這部電影眞是太神奇了。

1 編注：《阿奎爾，上帝的憤怒》（*Aguirre, der Zorn Gottes*），一九七二年的德國獨立電影，中文譯名爲《天譴》。韋納．荷索編劇及導演，克勞斯．金斯基主演。

老爸在場的確非常有用。他會大聲念出字幕，回答我們對於情節的任何疑問。我們真的有很多問題，因為這部電影的每個角色都是瘋子。

再說一遍，太神奇了。我跟厄爾兩個人從來沒有這種經驗，這部電影好笑又無情。裡面死了很多人，不過不像電動遊戲的死法。電影裡的人都死得很緩慢、很血腥，不過頻率不高。在「黃金眼」，你會看到某人中彈，接著身體向後倒在地上；電影裡，你只會忽然發現一具屍體。隨機出現的死人讓我們非常震撼。每次有人死掉時，我們就會驚呼：「噢，見鬼！」懸疑的氣氛也令人不敢置信。在前半小時，克勞斯．金斯基沒有失控殺光所有人。當他開始殺人時，卻表現出一副沒什麼大不了的模樣，你也不曉得他什麼時候會再次大開殺戒。你就是沒辦法理解他反覆無常的精神病大腦。我們看得好開心。

整部電影我們都很喜歡，我們喜歡它的緩慢，喜歡它慢得彷彿永遠似的。事實上，我們一點也不希望電影結束。我們愛死了叢林、木筏、誇張的盔甲和頭盔。我們喜歡它和家庭錄影帶一樣的畫質，好像這是個真正會發生的故事，而木筏上的人恰巧拿著攝影機捕捉到這一切。我想，我們最喜歡的莫過於電影裡的人物都不得善終。看電影的時候，我們多少希望某人能夠活下來，因為故事就是這樣講的：就算一切都是一場災難，還是有人能夠活下來，繼續傳承和講述。不過《阿奎爾，上帝的憤怒》可不是這種故事，見鬼，大家全死光。太棒了。

而且，我在這部電影裡第一次看到女生的胸部，不過，我不太相信胸部長那樣就是了。胸部居然像牛的乳房，還一大一小（現在回想起來，這點也呼應了我先前的話：我對性完全是一竅不通。至少我不會到處跟人家說：「超棒的，妳的左奶和右奶居然一樣大！」）

看完電影之後，我們問了老爸一大堆問題，接著不知怎麼地，我們居然問起這部電影是如何拍攝的。顯然地，那是一場超級大災難。有人生病了，所有演員和工作人員在叢林裡受困好幾個月，有人差點死掉。老爸不太確定。最酷的莫過於下戲之後的克勞斯．金斯基本人就和他扮演的主角阿奎爾一樣，完全是個瘋子。他在拍片期間對人開槍，只因為那個人很吵而金斯基想要專心，於是他就朝一名工作人員開了手上的槍。如果這點還不能讓你闔上這本書去看這部電影，我實在不曉得你到底有什麼毛病。也許你腦袋裡有食腦眞菌！

我們一定得再看一遍。老爸興趣缺缺，但我們覺得第二次更好看。我們模仿起德國口音，特別是金斯基的對白，他講話的時候就像有人要勒死他一樣。我們也學金斯基喝醉後搖晃的腳步。我們在家裡裝死，躺在地上好幾個小時，一動也不動，直到葛瑞琴發現我們的「屍體」，稍微發了一下瘋，哭到沒辦法控制自己，我們才不再玩裝死遊戲。

簡而言之，我們心中最偉大的電影莫過於此。第二個禮拜，我們邀請了幾位同學來我家，和他們分享這部好片。

他們覺得很難看。

我們甚至沒有撐完前面二十分鐘。他們覺得步調太慢了，也看不懂字幕，我們又沒厲害到可以念出來給他們聽。他們覺得一開始皮札羅的演講又臭又長，無聊斃了。阿奎爾和其他人出發尋找傳說中並不存在的城市，這樣的故事情節他們也認爲很愚蠢。他們不懂這就是整部電影的重點，他們不懂這部電影之所以厲害就是因爲它徹頭徹尾沒有意義，瘋了。結果呢？他們一直說這部電影好娘。

電影欣賞會成了災難，但也幫助我們了解早已心知肚明的一點：我們和其他人不一樣。我們的興趣跟一般人不一樣，我們的焦點和一般人不一樣。很難解釋啦。我跟厄爾其實也沒什麼共通點，但我們是匹茲堡所有的十歲孩童裡，唯二喜歡《阿奎爾，上帝的憤怒》這部電影的人，這應該算得上某種成就吧。眞的，我們已經很厲害了。

「兩個小虛無主義者。」老爸會這樣叫我們。

「虛無主義者是什麼？」

「虛無主義者相信一切都沒有意義。他們什麼也不信。」

「好耶。」厄爾說，「我是虛無主義者。」

「我也是。」我說。

「你們眞不錯。」老爸笑著說，接著笑容褪去，「別告訴你媽這件事。」

這就是我跟厄爾之間的幕後故事，可能跟後面的內容有關吧，誰曉得呢？眞不敢相信你還在讀這本書，你該現在就朝自己的臉來上兩拳，這樣才能讓你讀這本蠢書的蠢經驗蠢得更徹底一點。

12 我在錄影帶裡加了點白痴的料

聆聽人們講話並不是因爲你對他們講的話感興趣，你只是客氣，希望對方喜歡你，因爲每個人都很長舌。

我在人們身上學到一點，如果要他們喜歡你，最簡單的方法就是閉嘴，讓他們講話。大家都喜歡說自己的事情，不只是生活順遂的人如此。舉例來說吧，傑瑞．奎其維基，又名「古柯頭」，他是班森高中最瘦、最沒有人氣的學生。就我所知，傑瑞從來不抽古柯鹼，但他走路的時候雙手會尷尬地在身後晃來晃去，像母雞一樣，他的嘴巴總是打開四分之三的空間，牙套上總有食物殘渣。他聞起來有股醃黃瓜的味道，而且他爸媽是匹茲堡的藍領階級，講話有奇怪的口音。你以爲他對自己的人生沒什麼好說的，但你錯了，我那天在公車上才了解這點。舉個例子吧，我那天才知道，他的狗曉得美式足球四分衛班．羅斯利伯格什麼時候會遭到擒殺，而他（傑瑞本人，不是他的狗，也不是班．羅斯利伯格）正考慮要不要學吉他。

如果你不住在匹茲堡，我應該解釋一下，藍領階級的口音眞的很奇怪。他們不說「你」或「你們」，他們會說成「泥麵」；另一個特色是，他們無時無刻穿著匹茲堡鋼鐵人隊的衣服，無論是上班或參加婚禮都一樣。

基本上，我要說的是，聆聽人們講話並不是因爲你對他們講的話感興趣，你只是客氣，希望對方喜歡你，因爲每個人都很長舌。

不曉得爲什麼，這個理論並不適用於瑞秋。我去她家，決定要讓她開口，結果，我立刻就發現自己講的話比嗑了甲基安非他命的人還要多。

內景：瑞秋的房間
時間：白天

這是葛雷第二次或第三次造訪瑞秋家。他們盤腿坐在地上。

葛雷：妳喜歡看什麼電視節目？
瑞秋：播什麼我就看什麼。
葛雷：（不帶情緒的回答讓他有點無力）所以說，妳也看自然生態節目和實境節目？真的，全部都看嗎？
瑞秋：對，差不多。
葛雷：不過應該沒有美食頻道吧。

瑞秋聳聳肩。

葛雷：我對美食頻道有以下看法。好，大多時候食物看起來很噁或很怪，上頭會蓋上一層看起來像精液的怪醬汁，或用羊蹄裝烏賊之類的。不過呢，其他時候食物看起來很棒，電視裡的人會大快朵頤，接著會「嗯嗯嗯，好好吃喔！」這樣更糟。因爲你沒得吃，只能看著他們大啖美食，卻完全不曉得那是什麼滋味，你會想自殺。不過，通常那些食物看起來都沒這麼棒。

瑞秋：（委婉地）有人認爲很好看。

葛雷：好，但還有一件事。他們動不動就辦比賽，食物不是拿來比賽的。要廚師互相競爭實在是一件很奇怪的事情。好比說「料理鐵人」吧，他們會在廚房賽場比賽，廚房賽場？太誇張了。到了結束的時候，總會有人說：「我們爲你的表現感到光榮。」只是在燉湯而已，能光榮到哪裡去？

瑞秋：（笑了起來）嗯嗯嗯。

葛雷：我是說，如果美食頻道可以把眞正的食物變成比賽，爲什麼還要設限呢？妳知道的，好比說，「水電鐵人，今晚就在廁所『賽』場」。或者，或者，不，等等，這個好。「我們在廁所中心實況轉播，『超級便便便』！」

四小時過去了，葛雷和瑞秋還是保持同一姿勢。

葛雷：……我要說的就是，動物活在人類的家裡實在很怪，眞的有夠奇怪。

瑞秋：我該去吃晚餐了。

葛雷：（忽然驚嚇）等等，現在幾點？

瑞秋：差不多快要八點了。

葛雷：見鬼。

瑞秋話不多，事實上她還滿精明的。

一、瑞秋會用我的戰術對付我。眞有她的。這是一個鮮明的柔道動作。她精心安排我們的對話，讓我開口，她聽就好。當然啦，這點讓我更喜歡跟她混在一起。我告訴你，這個技巧太厲害了，而且，她非常會聽人講話。我是說，如果我是她，肯定覺得無聊又討厭。「超級便便便」？葛雷，饒了我吧。

二、瑞秋沒有提議我們必須親熱或結婚。即使我先前已經告訴她，我深愛著她，但她並沒有打算彌補過往的時光。不然我可能會嚇壞了，也許裝出什麼嚴重的精神疾病，我深思熟慮過，這是逃出尷尬情境的好方法。舉例來說，若我在置物櫃附近巧遇運動員，電視上總會演運動員喜歡騷擾精神障礙的同學，但就我在實際生活的觀察，我發現所有人都不想靠近他們。總之，我原本很擔心瑞秋會想在死前舉行婚禮，感謝上帝，根本不是這樣。

三、瑞秋逼我講這麼多話，最後終於害我說出會導致自己出事的敏感資訊。我說太多了嗎？也許我眞的暴露太多了。

內景：瑞秋的房間

時間：白天

這是葛雷第三次或第四次造訪瑞秋家。葛雷注意到一張休・傑克曼海報上的雙眼分得有點開，其中一隻眼睛則跟著葛雷移動。瑞秋剛講完一件事，沒有開口。

葛雷：（注意力不集中）什麼？
瑞秋：我沒有講什麼重要的事情。
葛雷：抱歉，休．傑克曼鬼鬼祟祟的右眼一直盯著我看。
瑞秋：他才沒有鬼鬼祟祟！
葛雷：我們剛剛在聊什麼？
瑞秋：希伯來學校。
葛雷：對，眞是浪費時間。
瑞秋：是嗎？
葛雷：我什麼也沒學到。眞的，關於猶太人，我無話可說。我是猶太人，但我對猶太會的認知應該不及格。
瑞秋：我想應該是「猶太教」。
葛雷：看吧，我說的就是這個。我不曉得該怎麼稱呼它。而我肯定不曉得猶太人到底相信什麼，好比說，猶太人相信天堂嗎？我們應該相信嗎？
瑞秋：我不知道。
葛雷：對，眞的有猶太人的天堂嗎？猶太人死後會發生什麼事呢？妳知道嗎？

休．傑克曼正怒瞪著葛雷。

葛雷：噢，要命。
瑞秋：怎麼了？
葛雷：（立刻）呃，沒事。我是個白痴。
瑞秋：爲什麼？
葛雷：呃……（蠢到要講不該講的事情了）關於死亡。
瑞秋：葛雷，我不會死。
葛雷：（說謊）對，我知道。
瑞秋：（瞇起眼睛）我病了，但大家都會生病。生病不代表你就會死掉吧？
葛雷：（假情假意地）對、對、對，不，對啦。
瑞秋：你以爲我要死了。
葛雷：（騙人騙到家）不！才沒有——有——有！
瑞秋：（謹愼地）嗯。

內景：瑞秋的房間
時間：白天

這是葛雷第四次或第五次造訪瑞秋家。葛雷在床上，背對休·傑克曼，但這意謂著穿泳褲、臉上掛著大大傻笑的丹尼爾·克雷格正面對著他。

丹尼爾．克雷格：你看得到我生殖器的輪廓，是不是很棒？
瑞秋：（咯咯笑）丹尼爾．克雷格才不是這樣講話。
葛雷：我得暖身一下，我的腔調模式還沒調好。
瑞秋：聽起來好像牛仔的腔調。
葛雷：對，我用錯嘴巴的部位了。腔調的重點就是發聲的部位。外國人的臉有時會皺成一團，所以丹尼爾．克雷格才會把他的怪嘴巴噘得跟女人一樣。
瑞秋：他才沒有。
葛雷：妳看看他！看他嘴巴往外翹，他看起來其實有點像青蛙耶。
（自動導航模式開啓，因爲瑞秋沒有講話，或在期待什麼。）
我很懂口音，雖然我沒辦法好好模仿各種腔調，但我研究過。我是說，我看過很多電影，腔調有個很酷的地方，莫約八十到四十年前，腔調曾經改變過，如果妳看那個年代的電影就會發現。我覺得那個時候人嘴巴的形狀跟現代人的嘴巴形狀不太一樣。
有時我會練習用五〇年代的美國腔調講話，因爲那是史上最怪的腔調。那個腔調眞的會惹毛別人。別人聽見的時候不會聯想到，喔，是五〇年代，他們會想這傢伙聽起來好怪，好生硬，好傳統，好像一個王八蛋機器人，但他們不曉得爲什麼會這樣。
我是說，我必須看很多那個年代的電影，才曉得當時的人講話方式跟現代人不同。
瑞秋：所以你眞的是個電影專家。
葛雷：我不是專家。我只是看過很多電影而已。

瑞秋：你最喜歡的電影是哪部？

內景：葛雷家的電視間
時間：兩小時後

電視螢幕上出現的是克勞斯．金斯基，坐在沙發上的是瑞秋跟葛雷。葛雷懷裡抱著一碗他在冰箱裡找到的剩菜烤牛肉。

葛雷：妳看攝影機移動的方式，有點抖動，很像手拿著拍的？好，妳大概可以感覺到這部電影不像假的，反而像眞的發生的狀況。妳懂我的意思嗎？

瑞秋：懂，我想懂吧。

葛雷：是不是很棒？會有這種感覺是因爲這手法看起來有點像紀錄片，拍攝的方式會讓人覺得妳就在紀錄片裡，很多手持鏡頭。不像大場面的動作電影，會用大型腳架什麼的。

瑞秋：感覺很像實境節目。

葛雷：沒錯！這麼說也對。不過實境節目的光線總是很不自然。在這部電影裡，他們沒辦法在叢林裡打很多人工的光線。事實上，他們很可能只有使用反光板。

瑞秋：反光板是什麼？

葛雷：（吃牛肉中）嗯，反光板就是……等等，這一幕超棒的。

瑞秋：你眞該拍點電影。

媽：（從門口講話）他拍了！只是不讓別人看。
葛雷：媽，妳在這裡幹什麼啦！
媽：噢，親愛的，你沒有準備東西給瑞秋吃嗎？
葛雷：拜託，老媽。
瑞秋：我不餓！
葛雷：（氣呼呼地）天啊，媽。妳不能躲在門口監視我們，妳真的是……
媽：我只是路過，剛好聽到瑞秋……
葛雷：呃，不要跟別人提這件事。
瑞秋：那是……
媽：葛雷，你對你拍攝的東西反應有點可笑。
葛雷：那是我的隱私，妳明明知道。
阿奎爾：當我希望鳥兒從樹上掉下來的時候，牠就會從樹上掉下來。
媽：實在很好笑，你跟厄爾拍得很認真，然後……
瑞秋：沒關係，我沒有一定要看。
葛雷：你看，聽到沒？
媽：把東西全藏起來，好像你不希望……
葛雷：媽，媽！瑞秋講的話妳聽到了嗎？
媽：人家只是客氣。葛雷，你臉上沾到肉汁了。

葛雷：可以請妳行行好，立刻離開嗎？

老媽離場，臉上掛著挖苦的笑容，好像她剛剛幹了什麼小聰明的事情，而不是個可怕的母親一樣。同一時間，葛雷又回去吃烤牛肉，因爲當他壓力一來的時候，就會控制不了想吃東西的欲望。

瑞秋：好，咱們回頭去看前面，我想我們錯過了重要的部分。
葛雷：對啊，那段是精華。
瑞秋：（經過漫長的靜默）如果你的電影是個祕密，我不會告訴任何人。你可以信任我。
葛雷：（無力地）不是什麼祕密，只是拍得很爛，不能給別人看。等到我們拍出好電影以後，一定會讓別人看。
瑞秋：很合理。
葛雷：什麼啦？
瑞秋：我懂。
葛雷：噢。

他們注視著彼此的雙眼。

如果這是個感人浪漫的故事，此時此刻，前所未有的奇怪感覺就會衝擊葛雷，一種有人懂他的感動，因爲到現在還沒有人懂他。然後，葛雷跟瑞秋就會像是犯了相思病的獾一樣，開始親熱。

不過，這不是什麼感人浪漫的故事，沒有前所未有的奇怪感覺衝擊葛雷，沒有親熱的獾，謝謝。

葛雷只是調整坐姿，有點不大自在。他移開目光。

瑞秋：需要幫你找張衛生紙什麼的嗎？

葛雷：不，不，我來就好。

13 關於厄爾的二三事

我們同時也知道這項科技出現在生命裡是有意義的，那就是：我們必須重拍《阿奎爾，上帝的憤怒》的每個畫面。

我跟厄爾重拍的第一部電影當然就是《阿奎爾，上帝的憤怒》，不可能是別部。我們當時十一歲，已經看過這部電影三十遍，我們都能記住所有的字幕，甚至還記得某些德文對白。在課堂上，有時老師點我們回答問題，我們就背誦台詞。厄爾特別喜歡在回答不了的時候來這招。

內景：五年級時，沃尼瓦絲基老師的課堂上

時間：白天

沃尼瓦絲基老師：厄爾，可以請你說出地球的構造嗎？

厄爾睜大了眼睛，用鼻子大力呼吸。

沃尼瓦絲基老師：從最內層開始，地球最裡面的結構叫做……

厄爾：Ich bin der große Verräter.（字幕：我是個偉大的叛徒。）

沃尼瓦絲基老師：嗯。

厄爾：Die Erde über die ich gehe sieht mich und bebt.（字幕：我腳下的土地看到我都要顫抖。）

沃尼瓦絲基老師：厄爾，想跟大家分享這是什麼意思嗎？

厄爾：（怒瞪班上同學）吼吼吼吼……

沃尼瓦絲基老師：厄爾。

厄爾：（立正，手指著沃尼瓦絲基老師，對著全班開口）Der Mann ist einen Kopf größer als ich. DAS KANN SICH ÄNDERN.（字幕：這個人比我高一個頭。這點可以改變。）

沃尼瓦絲基老師：厄爾，去走廊。

有一天，老爸帶著攝影機回來，電腦裡還安裝了編輯軟體，好像是要拍攝他的教學影片之類的。我們不曉得細節是什麼，只知道很無聊。我們同時也知道這項科技出現在生命裡是有意義的，那就是：我們必須重拍《阿奎爾，上帝的憤怒》的每個畫面。

我們猜測重拍大概只會用上一個下午的時間，結果，花了整整三個月。這裡說的重拍，指的是重拍「電影一開始的前十分鐘」，然後我們就放棄了。就跟韋納．荷索在南美叢林一樣，我們也遇上了幾乎難以想像的挫折與困難。我們一直蓋過先前拍攝的片段，有時忘了按下錄影鍵，有時則是攝影機沒電。我們不曉得該怎麼處理光線和聲音。特別是，由葛瑞琴爲首的幾名演員根本沒辦法好好表達他們的台詞、全神貫注地演戲，或者忍住不挖起鼻孔。而且，我們的卡司只有三個人，有時是兩個人，因爲需要有人充當攝影師。我們在弗里克公園拍攝，慢跑的人和溜狗的人會一直入鏡，好像嫌不夠討人厭一樣，他們還會過來攀談兩句。

問：你們在拍電影？

答：沒有。我們正在主持中價位義大利餐廳的開幕式。

問：啥？

答：對，我們當然是在拍電影。

問：什麼樣的電影？

答：一部觀察人類愚行的紀錄片。

問：我可以加入嗎？

答：如果我們不讓你入鏡那就太蠢了。

何況，道具跟服裝是不可能複製的，厄爾在頭上戴了一個鍋子，看起來超誇張。我們也沒有看起來像大砲或刀劍的東西。媽不准我們將家具從家裡搬到公園，但我們還是搬了，後果就是一個禮拜不准碰攝影機。

再說，我們的拍攝過程更是蠢到骨子裡。我們跑進樹林裡，忘了該拍什麼畫面，或是我們記得，卻想不起台詞、攝影機的動線，以及演員如何出入鏡。我們努力了一陣子，以爲拍出了什麼好東西，卻沒有成功。最後我們只好回家，以紙筆記錄下該做的事情，結果通常就順路吃個午餐，或看起別的電影什麼的。一天結束後，我們將所有東西傳到電腦，但總是左缺一個，右少一個，即使是萬事齊全的影片，看起來也爛得可以：光線沒打好、聽不見對白、攝影機搖晃得太厲害。

我們拍攝了幾個月，終於發現進度實在太慢，就在重製電影前十分鐘的片段後放棄了。爸媽堅持一定要觀賞我們拍攝的東西。

眞是場噩夢。只有十分鐘，但我跟厄爾用驚恐的神情度過，螢幕上的我們走來走去，手上拿著紙箱做的管子和水槍，嘴裡念著不清不楚的德語，無視開心的慢跑人士、一家大小，還有帶著小獵犬出來溜狗的老人家。我們已經知道這十分鐘拍得很爛，但不知怎麼著，跟著老爸和老媽一起看，居然能讓這十分鐘變得爛上十倍。我們忽然發現許多搞砸的地方，好比說：這十分鐘根本沒有推動什麼劇情、我們忘記配上音樂、很多時候根本什麼也看不清楚，還有葛瑞琴常常像家裡養的寵物似地盯著鏡頭看，以及厄爾顯然記不得他的台詞，更別說我一直、一直、一直帶著痴呆的表情出現，像是前腦葉遭到切除的人一樣。最、最、最、不堪的是，老爸、老媽還裝得一副很欣賞的樣子，一直說我們拍得有多好、演技超群、實在不敢相信我們做得出這麼棒的東西。他們眞的對著螢幕上的垃圾驚呼連連。

基本上，他們就是把我們當小娃娃來哄。我想殺了自己，厄爾也是，我們就坐在那裡，什麼話也沒有說。

之後，我們撤退到我的房間，心情糟到極點。

內景：我的房間

時間：白天

厄爾：靠，爛死了。

葛雷：我們好遜。

厄爾：我眞是比你還他媽的爛。

葛雷：（試圖找到能夠跟十一歲厄爾說出「他媽的」等級差不多的字眼）呃，幹。

厄爾：操。

爸：（從鏡頭外面的門口開口）兩位，晚餐再十分鐘就準備好囉。（我們沒有回話）兩位？你們的影片眞的很好，老媽跟我都印象深刻。你們眞的應該感到驕傲。（短暫的靜默）你們還好嗎？我可以進來嗎？

厄爾：（立刻回答）見鬼了，不要進來。

葛雷：爸，我們沒事。

厄爾：如果他要進來講那部蠢電影的事情，我就踢爆我自己的頭。

爸：那，好吧！

腳步聲顯示老爸退場。

葛雷：眞是爛得可怕。

厄爾：我要燒了那卷帶子。

葛雷：（還是沒有辦法罵出令人信服的髒話）對啊，呃，操，幹。

葛雷和厄爾沉默了一會兒。鏡頭特寫厄爾，他忽然想到了一件事。

厄爾：韋納．荷索可以舔我的屁股。

葛雷：什麼？

厄爾：老兄，去他的什麼阿奎爾，憤怒個屁。讓韋納．荷索把他的臉塞到我的屁眼裡吧。

葛雷：（不太篤定地）好。

厄爾：我們要拍自己的電影。（精神振奮起來）我們不能試著重拍別人的電影，我們要拍自己的電影。（現在激動了起來）我們要拍一部電影，叫做《阿奎爾，上帝的憤怒2》。

葛雷：《厄爾，上帝的憤怒2》。

厄爾：太優秀了。

在我們的創意伙伴關係裡，厄爾總是有最棒的點子，而《厄爾，上帝的憤怒2》則是其中最棒的主意之一。雖然這不是什麼複雜或瘋狂的想法，但我眞的從來沒想到過。基本上，這部電影就是重拍《阿奎爾，上帝的憤怒》，這次我們拿掉所有辦不到的場景，不想拍的部分也跳過。如果某個場景不合我們的意，就直接刪掉。某個角色我們無法重製，好啊，慢走不送。我們無法複製叢林，那就改在客廳或車裡。最出色的想法總是最簡單的。

所以《厄爾，上帝的憤怒2》最後成了名爲厄爾的瘋子在匹茲堡的「尋常人家」裡尋找傳說中的厄爾劍魚城的故事。我們在位於布利茲點的賈恩斯宅拍攝，很多對話都是即興反應，貓貓史蒂文斯客串演出，表現不凡，接著將電影配上老爸的放克CD，又花了一、兩個月的時間後製才完成。最後，我們把電影燒成一張DVD，在電視間裡偷偷播放來看。

爛死了，但沒有第一部那麼恐怖。我們的製片生涯就此展開。

14 食堂開講

理論：當長相平平的女生跟長相平平的男生開始交往的時候，大家都會覺得很興奮。

到了十月，狀況變得很奇怪。我在學校有一個對象，我必須對她特別好，花時間和她在一起。我們可以用「朋友」這個字眼嗎？應該可以吧。瑞秋是我的朋友。你應該明白寫出這種句子讓人有多不舒服，眞的不舒服。擁有朋友讓你的生活跌到谷底。

總之，我們放學後花時間一起鬼混，我在學校就不可能不理她。所以，忽然間，學校其他人都看見我跟這位朋友待在一起。上課之前、下課之後，大家都會看到我跟瑞秋講話，原因常常是她笑得太大聲而引來旁人側目。到了必須分組做作業的時候，我們常常在同一組。這種事情是會惹人注意的。

大概有些人以爲我們正在交往，甚至以爲我們上床了。要怎麼讓自己在看起來不像個大混蛋的狀況下解釋這種事情呢？你不能到處告訴別人：「我跟瑞秋之間什麼也沒發生！我們沒有上過床。我不曉得她的私處長得什麼模樣，也不曉得有沒有看起來異常的地方。」

至少，其他人會以爲我們只有到三壘的境界而已。重點來了，大部分的人，通常是女生，都會覺得這樣很棒。我有個理論，這個理論聽起來挺悲傷的。

理論：當長相平平的女生跟長相平平的男生開始交往的時候，大家都會覺得很興奮。對於這種現象，其他人不會跳出來反駁，但我猜應該是眞的。當女生看到兩個長相平平的人開始交往，她們就會覺得：「嘿！就算長得不怎麼樣，還是可以找到眞愛耶。他們一定是愛上外貌之外的特質。眞是太溫馨了。」男生看到了會想：「在這所學校裡，少了一個跟我搶奪波霸比賽冠軍的競爭者了！」

然後，不可避免的狀況來了，跟瑞秋在一起代表多少必須和她的小團體一起行動。她隸屬於「家境小康中產階級高三猶太女孩第二類第一組」，成員包括：瑞秋·庫許納、娜歐米·夏皮洛，還有安娜·托可曼。娜歐米·夏皮洛一直都是個嗓門很大、吵鬧又尖酸刻薄的人；安娜·托可曼還不錯，但她總會抱著一本平裝本的《子午線之劍》或《命運裂口》之類的書。有幾次課堂開始前的時間，我和這些女孩在一塊兒。她們的對話實在讓人很難持續參與其中。

內景：班森高中走廊

時間：早上

安娜：唉，我不想去上英文課啦。

娜歐米：庫柏利老師根本是個變態。

瑞秋和安娜咯咯笑了起來。

娜歐米：（佯裝不懂）怎樣？他動不動就低頭偷窺我的領口。

瑞秋和安娜繼續咯咯笑。葛雷出於禮貌，也努力笑了幾聲，但失敗了。

娜歐米：好像我該說，庫柏利老師，拍張照片吧，這樣才可以一直看。

安娜：（假裝嚇到）娜歐米——米——米！

忽然間，大家都轉向葛雷，想知道他對這件事有什麼看法。

葛雷：（決定最安全的選項就是四兩撥千斤地總結剛剛的對話）呃……替胸部留影，徹底庫柏利風格。

娜歐米：啊啊，男生都是變態。葛雷，你就不能想點除了性以外之類的東西嗎？

走廊上全部的學生：葛雷，我們全都注意到你和這個大嗓門的討厭鬼有說有笑的。

沒錯，我努力營造的社交隱形術徹底遭受重創。某天，我甚至答應與瑞秋及她的朋友一起去食堂吃飯，我已經許多年沒有踏進這塊空間了。

食堂就是一場混亂。第一，食堂裡永遠有不停歇的劣等食物大戰。戰況沒有嚴重到讓警衛插手的程度，但在一定的時間裡，肯定有人近距離用食物或調味料攻擊別人，多半時候，他們會失誤而傷及無辜。所以食堂就和比較冷靜的第二次世界大戰差不多。

第二，食堂每天供應的食物就只有比薩跟炸薯球。有時他們會把東西湊在一起，好比說他們把灰色大便般的香腸切片放在比薩上，這已經算是換口味了。還有，很多食物最後都會掉在食堂的地板上，比薩和炸薯球都是踩起來滑溜溜的東西。地上還有很多乾掉的百事可樂，黏黏的，很容易踩到，又很噁心。

最後一點，食堂裡人多到爆炸，這意謂著如果你不小心因爲一片起司比薩或幾顆炸薯球而跌倒，其他人可能會一擁而上踩死你。

基本上，食堂就像是個戒備寬鬆的州立監獄。

當我坐下時，必須尷尬地將背包放在腿上，畢竟你怎麼樣也不想讓包包擱在經年累月的食物殘跡或蟲蟲家族大軍上頭。而且，我的午餐是有點奇怪但大概很健康的午餐，這是老爸替我準備的。如果我每天都吃比薩跟炸薯球，我可能會繼續胖下去，臉上大概還會長出跟眼睛一樣大的青春痘。娜歐米正拉開嗓門講羅斯說了什麼白痴的事情，而我根本不想插嘴，於是假裝很有禮貌地聆聽，臉上或許還掛著愚蠢的笑容或歪扭的表情。就在我呈現如此蠢樣的時候，麥迪遜·哈能居然過來和我們坐在一起。

假設你不記得她了，麥迪遜·哈能是辣到不行的妞兒，男朋友大概是匹茲堡鋼鐵人隊的成員，或至少是個大學生。她也是我五年級時極力騷擾的女孩，稱呼她「麥迪遜斃了」，以及鼻屎護唇膏的指控等。那一切都已經過去了，當然，在高三這年的十月裡，我們會用不痛不癢的字眼交談。我們有時在走廊會互打招呼，我甚至會開點無傷大雅的玩笑，她會微笑什麼的，而我會作上兩秒鐘的白日夢，內容不外乎是我的臉倚靠上她的胸部，假裝自己是隻可愛的貓熊寶寶，然後我們就繼續過自己的生活。

我想不想要麥迪遜？當然，我當然想！我可以用一年的生命交換跟她親熱的機會，等等，大概一個月的壽命好了。當然啦，必須是她情我願才行。我不是在建議什麼奇怪的許願精靈逼她跟我親熱，然後拿走我一個月的性命。這一段也太智障了。

聽著，如果你問我，葛雷啊，你暗戀誰呢？答案就是麥迪遜。不過，大部分時候我都沒有辦法去想女孩子的事情，因爲在高中裡，我這種人根本沒有辦法跟心儀的女孩在一起，所以也不需要像個可悲的白痴似的幻想這種事情了。

我直接詢問過老爸高中女生的問題，他說，對，你在高中應該是無望了，但大學卻是另一回事，只要我進得了大學，我就「應該可以達陣成功」，這段對話很尷尬，但也讓人寬心。然後我跑去問老媽，她說，我其實長得很帥，這段對話立刻成爲「老媽騙人」的第一萬六千零八十七號證據。

反正呢，麥迪遜，既辣又擁有宇宙超高人氣的女孩居然跑過來，將餐盤放在瑞秋的位置旁邊，她爲什麼做這種事情？好，且讓我再來一場冗長的解釋。我是約瑟夫．史達林老太婆裹腳布風格的敘事者。

天底下有兩種辣妹：「邪惡的辣妹」，還有「具有同理心、好心腸、不會故意毀了你一生的辣妹」。班上率先整形鼻子的奧莉維亞．萊恩顯然屬於邪惡的辣妹，這也是爲什麼大家都很怕她的原因。她會週期性地隨機毀了某人的人生。有時是因爲對方在臉書上寫下「奧莉維亞．萊恩是個超級大爛貨！」不過，多數時候，她使壞並沒有原因，就好像火山忽然對著某棟房子噴發，活生生害死裡頭的居民一樣。在班森高中，我估計大約有七成五的辣妹屬於這個族群。

不過，麥迪遜．哈能一點也不邪惡。事實上，她根本就是「具有同理心、好心腸、不會故意毀了你一生的辣妹」協會的主席。最好的證明就是瑞秋。在瑞秋還沒有得癌症之前，她們頂多是點頭之交而已，但當癌症的消息不脛而走後，這場疾病激發起麥迪遜的友善賀爾蒙。

讓我告訴你「具有同理心、好心腸、不會故意毀了你一生的辣妹」其實也有問題，她們不會故意毀掉別人的一生，並不代表她們偶爾不會毀掉你的一生。她們控制不了，她們就跟大象一樣，快活地在叢林裡漫遊，不小心總會踩到花栗鼠而不自覺。嘿，是又辣又性感的大象尤物。

說起來，麥迪遜跟老媽還滿像的，急著想要做好事，她眞的很會勸服別人去做什麼事情。這兩項特質是非常危險的組合，讀到後面你就會明白。前提是我寫得完這本書，沒有崩潰地將筆電扔出車外，或丟進池塘裡去。

好啦，麥迪遜因爲白血病引發的友善賀爾蒙已經開始在她的身體系統裡作用了，現在就是她表現善意的時候：跟我們坐在一起吃飯。

「這裡有人坐嗎？」她問。她有一副如深色蜂蜜般充滿智慧的嗓音，其實跟她的長相有點兜不上。這樣也很辣。我眞的覺得自己跟個變態一樣，一直寫她有多辣，我這就換個話題。

「應該沒有人坐。」娜歐米尖銳地說。

「跟我們一起坐吧。」瑞秋說。

她一坐下來，娜歐米就閉嘴了。權力的平衡結構以我們不懂的方式改變了。空氣中瀰漫著劍拔弩張的氣氛，現在是大好機會，卻也會帶來巨大的危險。世界就要永遠改變，我嘴裡卻有牛肉。

「葛雷，你的午餐便當看起來好有意思。」麥迪遜說。

我的午餐是晚餐沒吃完的牛肉片、豆芽菜和生菜，全裝在一個塑膠盒裡；還有照燒醬和細香蔥之類的東西。基本上看起來很像外星人來地球學習如何做沙拉，最後在期末考搞砸的成品。總之，我的機會來了，我得好好把握。

「這不是我的午餐，我早就吃過了。」我說，「這是外星人的嘔吐物。」

瑞秋和安娜噗哧出聲，麥迪遜眞的咯咯笑了一下。我實在沒有時間眞正思考這件事即將鑄下的大錯，因爲娜歐米顯然想用討厭的大嗓門重回焦點中央，我必須不計一切避免這種狀況。

「對啊，爲了在麥卡錫老師的課堂上多得一點分數，我在製作一部紀錄片，內容就是觀察外星人的嘔吐習性。我帶著攝影機跟蹤他們，然後用這種容器蒐集他們的嘔吐物。妳以爲我會吃這個？怎麼可能！麥迪遜，妳以爲我是變態嗎？我是嘔吐物史學家，妳必須尊重這點。所以我才有這個用盒子裝著的漂亮樣本。我要好好研究。」

娜歐米時不時會來一句「噁心！」或是「聽你在放屁！」之類的話，但沒什麼用。我慢慢集中火力，讓她們一直笑，特別是爲了要逗瑞秋開心，無論如何，她就是忍俊不住王國的女公爵啊。

「我才不會吃掉這盒珍貴的嘔吐物。讓我向妳們解釋一下。當外星人嘔吐的時候，其實象徵了一種信任。我花了很多時間跟外星人待在一起，贏得他們的信任，接著他們才會給我神奇的嘔吐物，我可不會傻傻吃掉而破壞我們的信任。就算這盒東西看起來很營養，看起來很美味也一樣。仔細瞧瞧這些跟精子一樣的玩意兒。你問它們會不會讓我想前往這個嘔吐物的國度？吃得滿嘴都是？當然啊，但這是一種信任。下一個問題，瑞秋？」

瑞秋控制不住自己，一直噴氣，同時笑出奇怪的聲音。我知道如果給她機會開口，我就可以稍微重整火力，還不用聽娜歐米講話。我也一直不去思索，我大概讓班森高中裡最辣的女生開懷大笑了。這種事情大概只有發生這麼一次吧。

「你去哪裡找到外星人的？」瑞秋終於擠出這句話。

「好問題、好問題。」我說，「外星人通常打扮成人類的模樣，如果你知道該怎麼找，肯定就能輕鬆認出他們。」我在食堂裡尋找靈感。不知為什麼，我注意到史考特．梅修，玩魔法卡的歌德阿宅，約莫在本書前方一萬八千字的地方出現。他身穿風衣，笨拙地端著餐盤走來走去。

「外星人對於風衣有著特殊的時尚感。」我繼續說，「他們也不曉得該如何正確使用人類雙腿行走。好比說……現在別轉頭，看到那邊的史考特．梅修了嗎？對，他就是典型的外星人。」

我心跳加速，一方面是因為我犯下違反自己規矩的滔天大過，那就是：絕對不要嘲笑任何人。講別人八卦大概是在高中最容易交上朋友、也最可能結交仇人的方式，而且在各種場合都適用。就和我已經解釋過千百次一樣，這樣的行為完全違反了我的人生目標。

不過，從另一方面來說，我逗了三個女孩開懷大笑，其中一個是麥迪遜，另一個是瑞秋，所以我得繼續加把勁。

「妳們大概看過史考特弄一些詭異的東西，妳心想，他在搞什麼啊？這個嘛，他畢竟是從外太空來的啊，他家是顆什麼亂七八糟隕石之類的地方。他花了很長的時間才開始信任人類，給了我這份嘔吐物。妳們不會想知道我曾跟他好好坐下來，傾聽他讀了多少詩篇，內容多半是在講半人半馬的怪物。終於在今天早上，他讀了詩給我聽。我說：『謝謝你為我讀詩，真的很美。』然後他就說：『我希望用嘔吐物來榮耀你。』當時他就吐在這個盒子裡，真是一趟瘋狂的旅程。」

然後，我閉上嘴，因為史考特．梅修停下手邊的動作，從食堂另一頭盯著我們看。他不會喜歡眼前的景象。安娜、瑞秋和麥迪遜全盯著他瞧，而且笑得很大聲。而我正在講些讓我臉上浮現蠢笑的事情。他知道我們是在嘲笑他。太明顯了。他冷酷憤怒地盯著我看。

「葛雷，你很奇怪又很噁心！」娜歐米急著在空檔中插話。

「葛雷，你真的好壞。」麥迪遜講話的時候臉上還浮現甜甜的微笑。

我到底該如何從這一切裡脫身呢？「不、不、不！」我高聲地說，「娜歐米，外星人嘔吐物一點也不噁心，這才是重點。這是非常罕見且非常美麗的東西。還有，麥迪遜，我剛剛說的一點也不壞，恰恰相反，我是在歡慶與史考特之間的神奇情誼。見證我們的就是這嘔吐物，此時此刻裝在這個盒子裡。」

我真是嚇壞了。我居然失控，取笑史考特．梅修，他大概會因此恨死我。我恐怕也弄臭了自己的名聲，因為我現在會亂說別人閒話。我真的太驚嚇，直到下堂課打鐘前，沒再多說什麼，當然，接下來幾個禮拜也沒有踏進食堂一步。我想像自己在那裡吃午餐的畫面，腋下變得又燙又癢。

後來瑞秋跑來告訴我，史考特．梅修其實偷偷暗戀安娜。

「噢，那就說得通了。」

「眞的嗎？」

「對啊，她總是會讀什麼半人馬之類的書。」

「我覺得史考特太怪了，不適合她。」

「他沒有那麼怪啦。」

對於史考特的事情，我還是覺得很內疚，心情很容易受影響。

「葛雷，他眞的很怪，而且他的頭髮好噁心。」

「這個嘛，他應該沒有我怪吧。」

「我猜你才是拍攝外星人嘔吐物紀錄片的人吧。」

「就是。」

「你拍過其他紀錄片嗎？」

我猜瑞秋應該是想給我自由發表的機會，但說實在，我實在太害怕了，什麼也不敢多說。

先是史考特的事情，現在瑞秋又提到我的電影，我眞的不曉得該怎麼辦才好。

所以我只好說：「呃……沒有、沒有，嗯。」

幸好瑞秋明白這話是什麼意思。

「抱歉，我知道你的電影是你的祕密，我不該多問。」

「不，我只是發蠢而已。」

者。

「不，不是這樣。你對電影很保密，這點對你來說很重要。你不用告訴我你拍了什麼。」

我眞的必須說，在這一刻，瑞秋眞是棒透了。

同時，我大概得跟你解釋一下我都拍了些什麼電影。因爲你沒有那麼棒，你這個笨蛋讀者。

我是說，我才是決定讓你了解內容的人，所以，說眞的，現在我才是這個人類大便工廠。

這點應該沒有人會訝異吧。

15 賈恩斯與傑克森作品集

事實證明，貓咪不是演戲的料。

顯然只列出部分作品。

《厄爾，上帝的憤怒2》（導演葛雷．賈恩斯與厄爾．傑克森，二〇〇五年）。好啦，我知道「2」在這裡沒有意義，因爲要麼就應該是《阿奎爾，上帝的憤怒2》或《厄爾，上帝的憤怒1》。隨便啦。那個時候《厄爾，上帝的憤怒2》看起來好像可行。再說，當時我們才十一歲，拜託饒過我們。

總之，厄爾大膽嘗試演出滿口假德文的西班牙征服者精神病患，其丰采因爲幾乎沒有劇情、角色發展，加上聽不清楚的對話等因素而失色不少。後來，我們反省大概不該採用那麼多貓貓史蒂文斯翻身跟攻擊我們的畫面。我們應該也要加上字幕，因爲根本聽不清楚厄爾說什麼，比如：「**Ich haufen mit staufen ZAUFENSTEINNN**。」聽起來很棒，但實際的意思是「我堆起來／積起來／湊起來什麼什麼（胡言亂語）喝醉酒的石頭。」

評價：一顆星

《亂2》（導演葛雷．賈恩斯與厄爾．傑克森，二〇〇六年）。《亂2》眞的拍得很傑出，有服裝、配樂、武器道具和情節。我們眞的事先坐下來，試著寫出一點東西，故事大概如下：一位帝王和衆多兒子一起吃晚餐，其中一個兒子對老爸開了個玩笑，帝王勃然大怒，殺了自己的弄臣。另一個兒子的妻子跑過來，說她跟另一位帝王再婚了，妻子遭到拍頭裝熟至死。同時，第二位帝王住在廁所，以吃肥皂爲生，他有一幕很長的抓狂戲碼，因爲信差告訴他，他的妻子死掉了。原來信差是帝王一號的逆子，逆子不小心走到樹下，樹下正好有神祕刺客手持牙膏等著出任務。刺客和帝王一號彼此在樹林裡追逐了一會兒。這樣的舉動讓帝王二號又來了一場更漫長的抓狂戲碼。最後，他跑進客廳，上演一場肘擊額頭的自我了斷戲碼，然後，不知爲何，死而復生的弄臣唱起了很吵又不知所云的歌。

事情就是在這個時候變複雜的。

評價：兩顆星

《末來啓示錄》（導演葛雷・賈恩斯與厄爾・傑克森，二〇〇七年），好啦，這個片名也不是多棒。在我們了解「啓示」這個詞在宗教裡也意味著末日之後，我們覺得《現代啓示錄》這部電影居然跟世界末日一點關係也沒有，眞是太亂來了。這部電影可以簡單歸納爲以下幾點：

一、厄爾綁著頭巾，手持水槍，吵著要知道「天啓」何時降臨。
二、在鏡頭外面的我告訴他，還要一會兒，時間還沒到。
三、厄爾坐在椅子上咒罵起來。
四、重複以上三點。

評價：一點五顆星

《心悸大戰》（導演葛雷・賈恩斯與厄爾・傑克森，二〇〇七年）。場景位於二〇〇七年的地球，不是未來，雖然瘋惡霸路克的名字聽起來很厲害，但他實在是全社區最遜的一個人。舉例來說，他的錢包裡什麼東西也沒有，只有布丁，女生也不想跟他親熱，只想一拳砸在他的肚子上。他在沙堆裡找到兩個機器人，機器人告訴路克，他可以用意念移動物品。實在沒有證據證明這是眞的，反正他還是信了，還到處跟人吹噓，等到其他人要求他表演，他就勃然大怒，跳了一段憤怒機器人舞。這個時候，他覺得自己的腳踏車是來自未來的加速器，於是他帶著水槍騎腳踏車前往弗里克公園，嘴裡發出外太空的聲音，攻擊其他人，以爲他們是帝國風暴兵。最後，警察出現了，眞正的警察，腳本裡沒有的角色。我們差點碾過一位老太太，就是她報的警。就結果而言，這部電影非常出色，因爲我們根本沒有寫好結局。

評價：二點五顆星

《你好，死好》（導演葛雷．賈恩斯與厄爾．傑克森，二〇〇八年）。大突破！這是我們第一次嘗試用襪子玩偶拍電影。英國超級間諜詹姆士．緬德在美女身旁醒來，她的祕密身分其實是一個襪子玩偶。我們曉得這是個祕密，因爲詹姆士．緬德說：「最美的一點就是妳不是襪子玩偶。」

評價：二點五顆星

《肥貓疊影》（導演葛雷．賈恩斯與厄爾．傑克森，二〇〇八年）。事實證明，貓咪不是演戲的料。

評價：一顆星

《二〇〇二宇宙漫遊》（導演葛雷．賈恩斯與厄爾．傑克森，二〇〇九年）。看完《二〇〇一太空漫遊》之後，我們大受啓發。如果《阿奎爾，上帝的憤怒》告訴我們，電影裡的人物不見得都要有快樂結局，《二〇〇一太空漫遊》則是教會我們，一部電影不見得需要完整的情節，很多場景都只是奇怪的顏色而已。就藝術層次來說，這是我們最有野心的作品，但也讓這部電影看起來最沒意思。

評價：二點五顆星

《顫摺咪魂》（導演葛雷．賈恩斯與厄爾．傑克森，二〇〇九年）。貓不但不能演戲，也不喜歡穿衣服。

評價：三點五顆星

16 關於厄爾的誇張二三事，希望以後不用再提了

如果這是個電玩遊戲，你就可以毀掉這裡所有的東西，然後錢會冒出來。你不用撿起來，只要踩過去，錢就會瞬間進入你的銀行帳户。

我們總共拍了四十二部電影，第一部就是《厄爾，上帝的憤怒2》。每次電影製作完畢，我們會有一個儀式：將電影燒錄成兩片DVD，刪掉老爸電腦裡的檔案，然後把毛片拿去我們家後面的垃圾桶丟掉，而厄爾會抽根菸。我們每次進行儀式的時候，老媽就用不能理解的眼神看著我們，她認爲我們稍後應該還需要毛片；而且，雖然她能忍受菸味，但實在不喜歡別人抽菸。不過她還是看著我們進行這一系列儀式，因爲我們實在沒有留給她選擇的餘地。

我們不希望其他人看這些影片，誰也不准，老爸、老媽也不行。我們知道不能相信他們的意見。同學也不行，在《阿奎爾，上帝的憤怒》大失敗之後，我們就不在乎他們的看法了。而且，我們跟那些人現在也不算是什麼朋友。

對厄爾來說，他其實根本不在乎跟他人做朋友。我是他生命裡最接近朋友的人，但除了拍電影以外，我們沒事不太會玩在一起。國中的時候，他常常自己一個人獨處，我實在不知道他在哪裡，因爲他不在家，也沒來我家。他有一段時間染上毒品，但我沒打算多問那時候的事。狀況沒有維持很久，在他最昏沉的時候，我們拍了兩部電影（《蘿拉慢跑》，二〇〇八年；《A．I．人肛智慧》，二〇〇八年），沒多久，他就振作起來了。國二的時候，他規定自己只能抽菸，儘管如此，他變成一個非常獨來獨往的人，可能接連幾個禮拜我都沒看見他。

我呢？我在國中交不到朋友。我不曉得爲什麼，若我知道原因，也許就不會這麼難了。一個原因是，我對其他人感興趣的事物完全沒有興趣。對很多人來說，生活就是運動或音樂，這兩項是我實在稱不上喜歡的領域。我感興趣的是能夠用在電影上當配樂的音樂，至於運動，我是說，拜託，運動不就是幾個人把球丟來丟去，或撞倒別人，然後你可以在那邊一口氣看上三個小時，我看來就是浪費時間啊。不知道啦。我不希望講得自己好像有多了不起一樣，我還是別說下去了，最後一句，講完就好：我實在很難想像天底下還有比運動更愚蠢的消遣。

我和其他人沒有共同的興趣。更重要的是，我其實有些社交障礙，我不曉得該聊什麼，不曉得如何開跟電影無關的玩笑，於是我開始抓狂，想辦法擠出一些有趣的事情來說，結果通常都像以下這樣：

一、你有沒有注意過，人不是長得像老鼠，就是像小鳥？你可以把人分類，好比說，我肯定有張老鼠臉，但你看起來像企鵝。

二、如果這是個電玩遊戲，你就可以毀掉這裡所有的東西，然後錢會冒出來。你不用撿起來，只要踩過去，錢就會瞬間進入你的銀行帳戶。

三、如果我學某些老派搖滾樂團主唱講話，好比說珍珠果醬好了，大家肯定會以爲我忽然腦袋重創。那爲什麼，珍珠果醬的主唱可以那樣講話？

當你和某人是朋友的時候，講這些話當然很棒，但當你是跟不熟的人進行禮貌寒暄時，就不太適合了。不知爲何，我永遠走不到友誼的階段。等到我上了高中，了解該如何與別人進行更好的對話前，我已經決定我眞的沒必要跟誰當朋友了。除了厄爾，我說過了，我們比較像是工作伙伴。

那女生呢？忘了她們吧。我根本沒機會認識女生。參考我與女生之間的狀況，請翻閱第三章「我們就來看看這尷尬的一章吧」。

結論就是，沒有其他任何人看過我們的影片。

17 麥卡錫老師的辦公室

我們待在一起的時候，我覺得有點過意不去，因爲我滿腦子想的都是「妳會死、妳會死、妳會死」。

麥卡錫老師是班森高中唯一講理的老師。他站在年輕人這邊，似乎也不受高中校園壓死人的特質所影響。班森高中許多年輕的老師每天至少要大哭一回，其他人不是傻傻的，就是跟暴君一樣，總之是一般老師的樣子。麥卡錫老師則是獨樹一幟。

他是白人，不過理了個大光頭，手臂上都是刺青。最能讓他開心的莫過於「事實」了，若在課堂上，有人說出什麼「事實」，他就會用力拍自己的胸膛，大喊「有憑有據」，有時他會說「尊重研究」。如果學生說錯什麼，他就會說「不是事實」。他每天都會從保溫杯裡喝越南湯，他稱喝湯為「請示神諭」。在很罕見的狀況下，他會眞的很激動，假裝自己是一條狗。他通常都很隨和，有時會赤腳教課。

總之，唯一一位跟我最熟的老師就是他了，他還讓我跟厄爾到他的辦公室吃午餐。午餐時刻的厄爾脾氣很差，他上的是資源班，同學都是腦袋不太靈光的人。再說，資源班教室都在地下室，也就是地表以下的地方。

對了，其實厄爾聰明到想去任何班級上課都可以。我實在不懂他為什麼選擇資源班，但是關於厄爾如何決定這件事，我們大概還需要另外二十本書來解釋，所以我看還是就此打住。重點在於，上了幾堂資源班的課程後，他已經受了四個小時令人難以忍受的愚行，他只想割腕自殺；所以午餐時刻的前十分鐘，他會憤怒搖頭否定我說的任何話。到最後，他提了這件事。

「你現在都會跟這個女生在一起了。」他說。這是我在食堂輕率午餐事件發生的隔天。

「對。」

「你媽還逼你去找她？」

「差不多，對。」

「她會死掉還是怎樣？」

「嗯。」我說，我實在不知道該如何開口。「我是說，她得了癌症，但她覺得自己不會死。我們待在一起的時候，我覺得有點過意不去，因爲我滿腦子想的都是『妳會死、妳會死、妳會死』。」

厄爾面色凝重起來。「每個人都會死。」他說，事實上，他說的是「每個倫都費屎」，但寫出這句話實在太蠢了。到底要我怎麼寫啦？討厭死了。

「對啊。」我說。

「你相信有來生嗎？」

「不怎麼信。」

「信，你當然信。」厄爾的口氣聽起來非常確定。

「不，我不信。」

「你不可能不相信沒有來生。」

「這算……呃，三重否定。」我眞是討厭。這樣的行爲很蠢，因爲一個人實在不該做這些討厭的事情。

「老兄，去你的。你自以爲是，看不起來生。」

我們吃飯。厄爾的午餐是彩虹糖、酥脆穀片、餅乾和可樂。我則吃了幾塊他帶來的餅乾。他說：「你不可能覺得來生不存在，你不可能眞的以爲你不會在來世活下來。」

「我的腦袋很厲害的。」

「我要踢爆你的腦袋。」厄爾不知爲何開始用力跺腳。

麥卡錫老師進來了。

「葛雷、厄爾。」

「麥卡錫老師，怎樣？」

「厄爾，你的午餐都是垃圾食物。」麥卡錫老師大概是全世界唯四能夠跟他這樣講話，而不惹毛他的人。

「至少我沒有從保溫杯裡喝什麼古怪海帶……觸手湯。」

不知道什麼原因，我跟厄爾這段時間對觸手都很感興趣。

「對，我是來補充神諭的。」這時我們才注意到他桌上有一個保溫爐。

「他們替教師休息室重鋪電線。」麥卡錫老師解釋道，「我的孩子，這就是智慧的來源。看看這神諭之泉。」

我們探頭看進麥卡錫老師的大湯鍋裡。厄爾對這湯的敘述也滿貼切的，麵條看起來像觸手一樣，還有很多濕答答的小束綠色菜葉。事實上，看起來整個生態系統都在這鍋湯裡了，我有點期待看到蝸牛。

「這是越南河粉。」麥卡錫老師說。

「給我吃一點。」厄爾說。

「不行。」麥卡錫老師說。

「爲什麼？」厄爾說。

「不能讓你們吃。」麥卡錫老師語帶歉意。「學校不喜歡老師準備東西給學生吃。厄爾，眞可惜，如果你想試的話，我可以推薦你很棒的越式餐廳，有一間楚英的西貢小館，就在羅倫斯威爾。」

「我才不要去羅倫斯威爾吃東西。」厄爾不屑地說。

「厄爾不肯去羅倫斯威爾。」我說。我發現有時我跟厄爾，還有第三者在場的時候，故意用旁白總結厄爾的行爲實在很好玩，就算只是簡單的換句話說都很好笑。基本上，我的假設是，他有一個很討人厭的私人助理，淨做這種沒意義的事情。

「我沒錢上餐廳。」

「厄爾的金錢分配沒有計算到這個目的。」

「不能現在就讓我嘗一嘗嗎？」

「厄爾希望來點你的湯。」

「不行啦。」麥卡錫老師歡快地說，順手蓋上湯碗的蓋子。「葛雷，給我個事實。」

「呃……越南河粉和許多越南料理一樣，都有很多法國菜的元素，特別是湯頭，是從法國料理的清燉肉湯演變而來。」我不好意思地說，這是我在美食頻道看來的。

「尊重研究！」麥卡錫老師大聲地說，「葛雷，你戰勝這個事實了。」他活動活動右臂的二頭肌，然後用左拳砸過去。「繼續統治。」他整個人不知道在興奮什麼，還吠叫了一下。

我以爲他就要攻擊我了，結果他轉過頭去對厄爾說話。

「厄爾，如果你改變主意，你可以請楚英將費用算在麥卡錫老師帳上。好嗎？」

「好啦。」

「他的河粉比我的好吃多了。」

「好啦。」

「兩位慢用。」

「麥卡錫老師。」

麥卡錫老師前腳才離開，我們當然就找了紙杯來弄點湯喝。味道還可以，像是雞湯，還有其他味道我們吃不出來是什麼食材。好像有大蒜跟甘草的感覺。反正，沒什麼感覺，至少一開始是這樣。

放學打鐘時，我開始覺得整個人不大對勁。我站起來，結果全身血液都往腦袋衝，眼前出現一堵棕色的模糊高牆，就像有時血氣往頭頂衝的狀況，我得站一會兒，等著高牆消失。同一時間，我的眼睛還是打開的，顯然這雙眼睛盯著奧莉維亞．萊恩看，她就是全校第一個隆鼻的人。說確切一點，我的眼睛正對著她的胸部。

奧莉維亞從棕色的模糊圍牆後對我說了一些話。我聽得到，但不知爲何卻沒辦法拼湊起她的話語。

我根本不知道自己到底怎麼了。

「葛雷，你有什麼毛病？」奧莉維亞又說了一遍，這次我終於搞清楚她在講什麼，她的胸部也慢慢清晰起來。

「血。」我說，「我的，呃……頭。」

「什麼？」她說。

「看不到。」我說。講話實在好困難。而且，我注意到自己看起來跟聽起來都像個智障。我的鼻音變得很重，超誇張的，好像我臉上百分之八十的部分是個大鼻子似的。

「血衝到我的頭，我看不見。」我解釋道，不過我沒有確切說出每一個字，大概也沒有按照這個順序講話。

「葛雷，你看起來氣色不是很好。」有人說。

「拜託你不要一直看我，好嗎？」奧莉維亞說，她的話語讓我的心裡充滿恐懼。

「我得走了。」我口齒不清地說。我發現我必須拿起包包，然後移動腳步。

就是這個時候，我跌倒了。

大概不用我解釋你也明白，在班森高中或是任何一所高中，最好笑的事情莫過於有人跌倒。我說的不是風趣或正當的逗趣，我說的是，高中生覺得跌倒是一個人所能辦得到最、最、最好笑的事情。我不曉得爲什麼，但就是這樣。他們看到有人跌倒的時候，全都會失去控制。有時他們自己跌倒了，然後整個世界就會自行崩塌。

我跌倒了。通常，我可以爬起來、鞠個躬鬼混過去，不然假裝諷刺地慶祝也可以。不過，我今天眞的怪怪的。我腦袋不對勁。我的大腦沒有提供有用的資訊或可行的計畫，反而對我說：「大家都在笑你，因爲你跟白痴一樣跌倒了！」我的大腦失靈了。我慌了，抓起包包朝門口跑去，結果又摔了一跤。

附近的人因爲笑得太用力而嘔吐起來。眞是喜劇之神送來的禮物啊：胖子跌倒後大抓狂，打算奪門而出，結果又摔一跤。

我跌跌撞撞跑出教室門，跑到走廊上，不知道爲什麼，今天的走道比平常還長三倍，擠滿了人。我在人海裡游泳試著要出去，一邊盡量把持住自己。一張張人臉浮現，他們似乎都盯著我看。我想要隱身，我這輩子從來沒有感覺到自己這麼顯眼過。我是個高調的鼻子，我也是摔倒王。

我大概只花五分鐘就跑出去了，但感覺起來彷彿過了一個小時，而且是在地獄裡的一個小時。在我穿過學校大門踩上階梯的時候，我收到一則簡訊：

湯裡下了藥，來停車場找我。

是厄爾。

「麥卡錫在湯裡放大麻。」他斷聲地說。我花了點時間消化這話。

「天啊，他一定加了爆炸多的大麻。」厄爾繼續說，「因爲我沒喝多少，你喝了兩杯。孩子，你感覺一定很糟吧。」

「對。」我說。

「你看起來茫上天了。」

「我覺得很低落。」

「見鬼。」厄爾說，「眞希望我當時有想到。」

原來「茫」就是這種感覺。我曾經在癮君子戴夫·史麥哲的派對上抽大麻，但什麼事也沒發生。也許我沒用對方法。

「我們去你家吃點東西。」厄爾建議道。

「好。」我說，我們開始走路，但，事實上，我越想越覺得這個主意很糟糕。我茫得亂七八糟！這是厄爾說的！等我們到家的時候，老爸老媽馬上就會知道我嗑大麻了！靠！然後我們還得一五一十從實招來！我根本沒辦法用文字思考啊！不知爲什麼我腦袋裡會浮現獾的身影！這隻獾也太棒了吧！

再說，我得編點理由出來，我不希望給麥卡錫老師惹麻煩。我該怎麼說？幾個癮君子逼我們吸到茫？太誇張了，對不對？我該怎麼告訴爸媽我們是去哪裡搞得這麼茫？也許眼前更重要的問題是：我該如何在不跌倒的狀況下抵達公車站？

「麥卡錫上課的時候有茫嗎？」厄爾說，「我們眞的得快點閃人，我等不及要吃點東西了。靠。」

厄爾心情好好，我並不。我擔心死老爸老媽的反應了，還覺得街上的人都用不贊同的眼神瞪著我們看。我們是兩個吸毒的小孩，還到處亂逛！我們眞的茫得很誇張！我的鼻子是臉上的一個小飛船，滿是黏液的小飛船！我們怎麼能不成爲大家的焦點？（後來回想起來，在「不能不看的逗趣評分裡面，我跟厄爾逛大街實在評不上什麼高分（哈哈！「高到飄上天

囉！」懂了嗎？真的很好笑，好啦，我只是開玩笑的，這個玩笑爛死了。事實上，這種玩笑就是人家討厭癮君子的原因。:-)

「麥卡錫上課的時候會茫嗎？」厄爾又問了一遍。

「他……沒有吧。」我說，「這個，也許、也許有點喔。我覺得。你可以，呃……並沒有，呃。你知道的。」

我連他媽的一個完整的句子都講不出來！

厄爾看著我，沉默了片刻，最後才說：「見鬼了，孩子。見鬼了。」

回家的公車上，我收到了另一封簡訊：

明做化療，想來跟我的頭髮道別嗎？:-)

我實在很不好意思開口，但我們花了整趟車程破解這封簡訊。一開始，我們不曉得「明做」跟「化療」是什麼意思。我們想到一堆沒有意義的字眼，互相討論。

「明明的化妝聊天室。」

「明亮得跟獠牙一樣。」

「冥冥之中自有潦倒。」

「哈……哈……哈。」

「嘿嘿。」

「不，認眞點，什麼，呃。」

「啥？」

「哈嗚。」

等到我們下了車，厄爾才明白。

「化療！化學治療！」他說。

「喔喔。」

「你女朋友要剃頭髮了。」

「什麼？」

「癌症的化學治療，將一狗票化學東西打進身體裡，頭髮會掉光。」

這話讓我覺得超級誇張，我明明就知道這是怎麼回事。「喔喔。」

「你會痛苦得想死。」

好吧，我在心裡暗想，這會像小黃瓜一樣酷。結果沒多久，我腦袋裡就浮現一支醃漬小黃瓜，有麥迪遜的臉和胸部，看起來可笑至極。

「老兄。」厄爾看起來一臉擔憂。

「怎樣？」

「你爲什麼在笑？」

「呃。」

「化療是很嚴肅的事情。你不會想拿化療來開玩笑。」

「不是，只是…呃…我想到別的事情。」
老天爺啊，我眞是一團亂。
「那你就傳簡訊回去，告訴她我們要過去了。」
我不曉得這是個要求，便說：「有嗎？」
「對，我們要去看你的朋友，阿呆。」
「好啦、好啦。」
「就打，好，我跟厄爾要去看妳囉。」
這句話打起來跟永恆一樣久，結果打出來的簡訊如下：

號聽起鸞粉棒～！但我可已獃朋友餓二去看你它很酷你費洗翻它？？？／

耶穌都要噴火了，天啊。外頭肯定有人喜歡吸毒，但我跟你保證，葛雷．賈恩斯眞的不是嗑藥的料。

18 嗑藥最爛了

歷史上絕對沒有什麼癮君子會逼人和他們一起抽大麻。眞的。

我們遇到的第一個障礙是丹妮斯。

「哈囉，葛雷。」她似乎有點分心，用著不解的神情看向厄爾，好像我牽了頭草泥馬到她家門口一樣。「這位是？」

厄爾和我同時說了些什麼。

「抱歉？」

接著我們兩人都沉默。

最後，她終於說：「我是丹妮斯。」

「厄爾．傑克森。」厄爾講話的聲音有點大。我驚恐地看了他一眼。和大人說話的時候，厄爾常常會變得急躁無禮。我知道他跟丹妮斯講下去不會有什麼結論，於是我開口。結果，策略錯誤。

沒有嗑藥的葛雷大概會說：「厄爾是我的好朋友，他希望瑞秋一切安好。她在樓上嗎？」

而嗑藥的葛雷居然說：「厄爾是我最好的……厄爾是我的其中一個好朋友。妳知道，我們都一起鬼混，好像，什麼也不做，妳知道，很酷的。所以，呃，我們收到瑞秋的簡訊，說她掉頭髮了……我是說，顯然還沒掉，所以我們想看看她的頭髮，還要一起玩！不是只看頭髮，因爲，妳知道，不管有沒有頭髮，我都沒關係。我相信她沒有頭髮也很好看，但我們就是想一起玩，看她最近過得怎麼樣，之類的……那些事。」

這段獨角戲唱完時，我全身冒汗。同時，厄爾努力掩蓋他的反感。他用雙手遮著臉，說了一句話，我想應該是：「媽的」。

「好——吧？」丹妮斯的口氣不太篤定。
我們三人一度都沒有開口說話。
「瑞秋在樓上嗎？」我終於開口。
「對、對，當然。」丹妮斯揮手讓我們上樓，我們衝上階梯，以光速遠離丹妮斯。
我們遇到的第二個障礙就是瑞秋信不過厄爾，以及我們因嗑藥破紀錄詭異的言行舉止。
「我不確定你的簡訊在寫什麼。」她說，小心翼翼地盯著厄爾看。我心裡有種七上八下的感覺，她之所以信不過他是因為他的膚色。不過，我覺得我這種想法實在太過分了，因為這是在指控這個馬上就要掉光頭髮、還可能死掉的女孩有種族歧視。
「厄爾是老大。」我說，彷彿這話能夠解釋一切一樣。
「對，你們會互傳噁心訊息。」
這句話給了我一段漫長尷尬的沉默，讓我回想起過去向瑞秋提過厄爾就那麼一次。等到我想起來的時候，厄爾已經主動出擊了。
「妳好。」
「哈囉，厄爾。」
靜默。
「我喜歡妳的房間。」
「謝謝。葛雷嫌太女孩子氣了。」
我知道此時該開口說點什麼，我大概是喊著：「我才沒有！」

「當然女孩子氣。」厄爾說，「我的房間裡可不會有穿著……丁字褲的詹姆士．龐德。」

沒有嗑藥的葛雷大概會說：「對，厄爾的詹姆士．龐德海報會連丁字褲也沒穿。」

結果嗑藥的葛雷居然說：「哼哼。」

更漫長的靜默。

「我明天就要開始化療了。」

「對，好糟。」

「老兄，你搞啥？」厄爾將我趕去一旁。

「怎樣？」

「爲啥說化療好糟？」

「啊……對，你說得對。」

「是有點糟沒錯。」瑞秋說。

「對，但也讓人覺得很興奮。」

「應該吧。」

「如果妳早點開始，成功的機會就很大。」厄爾盯著地板講話。

「是啊。」瑞秋也看著地板。

大概是種族歧視的靜默。

瑞秋和厄爾顯然處不來，我得做點什麼。不幸的是，我完全想不到該做什麼。靜默越來越漫長。瑞秋繼續盯著地板看。厄爾嘆了口氣。這完全是派對的相反狀況，這是天底下最不好玩的社交場景。如果恐怖分子現在衝進房間，用鷹嘴豆泥醬悶死我們，那還算是有所進展。這個念頭害我想到了鷹嘴豆泥醬，爲什麼是鷹嘴豆泥醬？這玩意根本就是糨糊啊，誰會吃糨糊。而且糨糊跟貓的嘔吐物長得很像。眞的，難以否認，超像的。至少，當貓貓史蒂文斯嘔吐的時候，牠的嘔吐物就像鷹嘴豆泥醬。

然後，有一部分的我說：「你爲什麼一定要把食物跟嘔吐物攪和在一起？一開始是學校食堂裡的外星玩意兒，現在又是這個。也許你眞的有什麼毛病。」

我發現自己咯咯笑了起來，但我的心情有點緊張，也有點害怕，所以我的笑聲聽起來並不是開心的笑，而是討人厭的笑。

厄爾生氣了。「你他媽的不要再笑了。」

瑞秋的反應更糟糕，她說：「如果你們想走，就走吧。」她的口氣聽起來好像快哭了，太可怕了。我覺得自己是個大混蛋。是該坦白的時候了。

「我們嗑藥了。」我氣急敗壞地說。

厄爾再度將頭埋進雙手之間。

「什麼？」瑞秋說。

「我們不小心茫了。」

「不小心？」

這時多少是該坦白一點。但事實上，是嗨到撒謊的時刻。

「我暈過去了。我不記得發生了什麼事。」

「你才沒有暈過去。」厄爾斬釘截鐵地說。

「不，我們都昏了。」

「你到底在說什麼？」

「你們爲什麼嗑藥？」瑞秋問。

「我不知道！」我說，「我不知道。」

接著，厄爾開始要講話，我知道他肯定是要提麥卡錫老師，但我不能讓老師遭到解僱。所以我搶先說：「其實呢，我們去了趟廁所，裡面有人，妳知道，有幾個癮君子，他們就問我們要不要來點大麻。我們一開始是說：『不要，我們不要你們的，呃……大麻。』但他們生氣了，就說：『嘿，你們最好抽點這個，不然我們就，呃……揍到你們哭天搶地。』他們大概有二十個人，所以我們就好吧，跟他們一起抽，但我眞的不記得所有事，因爲我暈倒了。」

這個即興掰出來的故事顯然漏洞百出，以下只舉幾個疑點：

一、厄爾跟我這輩子絕對不可能一起上廁所，大概是因爲男生一起上廁所很詭異。

二、癮君子不會在廁所抽大麻。他們會在距離學校一條街之外的日產老車裡抽個開心。其他人會有幾個小時，甚至長達幾天都碰不到這些人。

三、歷史上絕對沒有什麼癮君子會逼人和他們一起抽大麻。眞的。他們很多人寧可獨樂樂，也懶得跟你衆樂樂。

四、他們有二十個人？全擠在廁所裡？二十個癮君子？你幹麼不說一百個、一百萬個啊？老天爺。

五、「暈倒」到底是怎麼回事？到底在暈什麼啦？

我講完之後，厄爾沒有答腔。瑞秋看著他，跟他確認。過了很久，他說：「對，這就是事情發生的經過。」他氣死了。

我們看起來跟智障一樣，但至少瑞秋不哭了。她看起來好像覺得很有意思。

「我恨毒品。」我說，「我現在覺得自己渾身不對勁。抱歉我們在茫的時候還過來找妳。」

「閉上你的屁股嘴。」厄爾說，「你覺得你這樣能讓瑞秋好過一點嗎？道歉什麼的？你最好一個屁也不要放。」

「好。」我說。

「瑞秋。」厄爾繼續說，他現在已經進入「掌控大局模式」，我眞是鬆了超級大一口氣，因爲當厄爾控制大局的時候，好事就會發生。「我們是來祝妳一切順利、替妳打氣的。所以咱們出去吃點冰淇淋什麼的，好不好？」

眞是見鬼了，眞是個超級好主意。我告訴過你，厄爾的主意最棒了。

19 厄爾在我吃超辣冰淇淋時背叛了我們的創意伙伴關係

這件事證明了一點，不久於人世的女孩會逼著某些人做出一些事情，就算「某些人」指的是兩名脾氣暴躁、身高不算高的電影人也一樣。

我說過了，瑞秋發現我們嗑藥以後，對我們興趣大增。

「葛雷，我都不知道你是個狠角色。」她說。

「我不是。」

「我只是在挖苦你。」

「喔。」

我們在位於謝迪賽的超美味冰淇淋及鬆餅專賣店，他們會用攪拌器之類的將好料全部打進冰淇淋裡。冰淇淋本身已經美味得讓人難以置信，而他們加進裡頭的一大堆材料更是瘋狂，舉例來說：蜂花粉。再舉一例：黃燈籠辣椒。這兩樣我都加了嗎？當然。加上這兩樣食材的冰淇淋是不是天底下最怪的口味——卡魯哇咖啡酒口味？回答你的問題，答案是「是、是、是，當然是」。當我選蜂花粉的時候，腦袋裡想的是不是蜂蜜呢？也許女演員「呷」西卡．艾巴可以回答你。

反正我拿到冰淇淋的時候，整個人就失去控制了，長達五分鐘的時間渾然忘我，因爲，我的老天爺啊，這冰淇淋還眞好吃。我一開動，一切就不一樣了，而且我的身體有很多部位開始冒汗，好比說，我的腳踝。厄爾實在沒有辦法接受。

「老兄。你眞的……不要這樣吃東西。」

「嗯嗯，抱歉。」

「這樣很噁心。」厄爾如是說，他沒辦法繼續吃下去。「搞啥？」

「嗯嗯嗯，想要再來一份。」我說。

「你該再點一份。」瑞秋提議。

「不，他不該再吃了。」

「嗯哼嗯嗯。」

「我們該回去了。」厄爾將後背包往肩膀上一甩。「如果我們要在晚飯前看點東西的話。」

「嗯嗯，啥？我們要看什麼？」

厄爾和瑞秋直盯著我。

「老兄。」

「葛雷，我們要去看你們拍的影片。」瑞秋的口氣聽起來好像這不是什麼大事一樣。

「我們剛剛講話，你都沒聽進去嗎？」厄爾問。

「呃。」

「見鬼。」

厄爾不知從哪變出一根點燃的香菸，然後氣憤地抽起菸來。此時，我覺得瑞秋感覺到我崩潰了，因爲她說：「葛雷，厄爾說可以看，沒關係，但你是不是不想讓我看到你們辛苦耕耘的成果？」

這個問題的答案深藏在太空船船殼深處的保險箱裡，答案就是「見鬼了當然不想」。理想的狀況是，我有能力把厄爾帶去一旁，表示以下立場：

一、你在搞什麼鬼？
A剛剛提議要讓瑞秋看我們的電影？
1．這似乎是我剛剛在吃冰淇淋時所發生的事。
2．如果我說錯了，請糾正我。
B我們早就說好不讓任何人看影片？
1．不夠好，還不能見人。
2．也許有一天我們能夠拍出足以見人的東西。
3．但我們肯定還沒拍出什麼好東西。
C靠靠靠靠靠靠。靠你個老雞雞。

二、你他媽爲什麼要答應這種事？
A因爲她快死了嗎？
1．這又有什麼關係？
2．去你的，厄爾！
B或者，也許你剛剛忽然對我們的作品改觀了？
1．因爲，眞的很爛。
2．對吧？
3．我們沒有預算，也沒有好的燈光，我們什麼設備也沒有。

4．很多部電影我們只是隨便鬼混亂拍而已。

5．基本上，我們就是兩個白痴。

三、厄爾，你這個大混蛋。

A你現在眞的是個混蛋。

B宇宙超級大混蛋。

C拜託請不要使出迴旋踢踹爛我的頭。

1．噢！

2．幹！

但我沒有辦法講任何話。我只是點點頭，跟著他們離開。反正現在是二對一的局面，我眞的沒有選擇餘地。

我們走路回家。往好的一面想，我覺得自己已經開始慢慢恢復正常。就算如此，恢復正常也無法補償厄爾徹底背叛我的事實，也無法撫平我們即將面對的羞恥。我猜，這件事證明了一點，不久於人世的女孩會逼著某些人做出一些事情，就算「某些人」指的是兩名脾氣暴躁、身高不算高的電影人也一樣。

20

《蝙蝠俠大戰蜘蛛人》

如果你拍了一部電影，你絕對不能跟認識的人一起看，因爲他們的意見不夠中肯，一點意義也沒有。

《蝙蝠俠大戰蜘蛛人》（導演葛雷．賈恩斯與厄爾．傑克森，二〇一一年）。蝙蝠俠愛蝙蝠，蜘蛛人愛蜘蛛。蝙蝠俠在蝙蝠裝底下穿了特別厚的衣服，這樣看起來才會比較壯。蜘蛛人動作很快，瘦而結實，或者該說他比較焦躁。蝙蝠和蜘蛛以前不是仇人……此刻卻結下了樑子！事實上，他們也還不算仇人。製片將他們鎖在一個房間裡，等到其中一方消滅對方之後才打算放勝者出來，但他們好像不想攻擊彼此。大多時候，他們都坐在那裡，致命武器呈現故障狀態。

評價：三點五顆星

影評對於《蝙蝠俠大戰蜘蛛人》的評價很正面，遠超過我們預期。話雖如此，但老實說，這位觀眾實在很容易受人影響。她幾乎沒有停歇地笑了整部片，也沒有做筆記。舉例來說，她大概沒有注意到不怎麼樣的燈光以及時常出現的陰影問題，或是前後服裝兜不上的狀況；或是，好比說我一直流汗，我用慕斯做成的蝙蝠俠尖角一直掉下來這種事情。

所以呢，好啦，跟別人一起欣賞我們的電影感覺眞的很怪。開播兩、三分鐘的時候，我一直不肯閉嘴，想要解釋一切：

「好，這個畫面是來自我們畫的一個卡通，因爲我們打算讓這部電影看起來帶有一點漫畫書的色彩……等等，這時會重新聚焦。對，所以一開始就會帶到實際的漫畫書……然後，這裡，對，厄爾正在咬那個，因爲、因爲我也不知道啦。然後他就抓狂了。好，左邊那個火柴人就是蝙蝠俠，如果妳仔細看，就知道我們差不多搞砸了，但如果妳抓對時機看，妳應該可以看到，他有這個……呃……火柴雞雞，就是火柴生殖器。好，右邊的蜘蛛人正在吃鬆餅，這點等下會變得很重要，因爲……」

然後厄爾叫我閉嘴。

我一語不發坐在那裡，當瑞秋如同人體泥漿爆炸出一連串笑聲、咯咯聲，還用鼻孔噴氣、不時瘋狂大笑的時候，我暗自記下所有不對勁的狀況。感覺眞的很怪，我不曉得該怎麼辦才好。我猜這件事大概證實了我的臆測，那就是：如果你拍了一部電影，你絕對不能跟認識的人一起看，因爲他們的意見不夠中肯，一點意義也沒有。我是說，能夠做出一部逗人開心的電影實在很棒，但如果瑞秋不認識我跟厄爾，她還會覺得電影好笑嗎？我實在很懷疑。

這只是證實了放電影給人看是個錯誤，但是，我們最後卻因此付出了慘痛的代價。

厄爾：你家還有那個小塊的烤牛肉嗎？

我：沒，我前天吃光了。

厄爾：可惡。

21 娘漢兩個伴

在電影裡，通常只要有人飛出去，時間都會變慢下來。那個人可以仔細觀察周遭各種小細節，重新思考自己行爲造成的因果關係，也許還能思考一下上帝的旨意。總之，這都是騙人的。

隔天，瑞秋就去醫院接受藥物注射治療、放射線粒子還有其他我說不出來的療程。我當時一點也不曉得自己馬上就會去同一間醫院陪她了。

事實上，這個「我一點也不曉得」到底是怎麼回事？我「完全不曉得」自己馬上就會去同一間醫院陪她，因爲我又不是算命的，我又不能未卜先知。我爲什麼會「一點」也不曉得？我根本徹底不曉得啊，「一點也不曉得」，什麼鬼啊！

反正瑞秋進了醫院，我跟厄爾在家裡看《我與長指甲》，這是一部很難懂的英國電影，內容講述兩位演員時不時就喝醉、嗑藥。他們在郊區度過了一個瘋狂假期，差點就餓死了。然後，其中一名演員的叔叔出現，基本上他想跟另一個演員發生性關係。這個時候，我們正好要開始拍新片，但《穆荷蘭大道》還沒寄來，我們在老爸收藏的電影裡找到《我與長指甲》，這片也不賴，我們考慮要重拍這部電影。

這部電影其實還不錯。動不動就喝酒發瘋的威斯努爾一直讓我們想到《阿奎爾，上帝的憤怒》裡的克勞斯．金斯基，裡面還有一些腔調，我們可以試著裝裝看，我們樂壞了。整體來說，我覺得厄爾在模仿口音上略勝一籌，不過這不代表他有多厲害。

「他是怎麼說的？酒吧裡那個愛爾蘭人？『我……偶叫他娘漢。』」

「不對啦，他講的有點像『溫笑他涼漢』。」

「哈！」

「涼——嗚——漢。」

「噢，天啊，他不是這樣講的，但這樣更好笑。」

有幾幕，「娘漢」這個詞非常重要，這是英國俗話，指的是「猥褻孩童的人」。我們覺得英國人很鳥，這種人居然還有專用詞彙，但後來厄爾指出，我們美國人動不動就說「王八蛋」，一樣都很討厭。

「感節好像豬在我腦袋裡拉屎一樣。」

「溫綿怎麼豬到自己在哪裡？感節好像豬在我囊袋裡拉鼠一樣。」

「我覺得這是不一樣的英國腔。」

「對，這是《發現心節奏》裡的腔調。」

《發現心節奏》是我們最近看的另一部難懂的電影，主角是一名住在國民住宅的英國瘋女孩。我們很喜歡這部電影，我們給腔調打九十分，給不倫的性關係一百分。

「所以這個重拍……」

「我們要把『娘漢』放在片名裡。」

「好，眞是個好主意。我們可以把電影叫做《娘漢騙局》。」

「這是什麼意思？」

「就像吸金老鼠會的『龐氏騙局』，也像許多年前股市傳奇人物馬多夫的騙局。」

「你現在到底在講什麼鬼？」

「沒關係，別在意。」

「片名不見得一定要學人家，但我們可以叫《娘漢兩個伴》。」

「這名字還不錯。」

「《兩枚娘漢度假去》，簡單明瞭。」
「太棒了，所以我想你應該可以演威斯努爾。」
「威吃木耳。」
「對啦，我覺得故事本身也滿清楚的，你大部分時間只要喝醉發瘋就好了。」
「簡單，不成問題。」
「對，那幕一定超讚。」
「我也要演那個同志叔叔。在臉上畫假鬍子，還要裝肥什麼的。我會說，孩子，我是個百分之百的男同志，我要上你了。」
電影最後，威斯努爾對著動物園裡的狼群大吼。這一幕不知爲何出現在我們的腦海裡，所以我們決定先拍這個部分。不過呢，我們沒有狼，所以我們決定讓厄爾吼他們家那隻可怕的大狗「肚皮」。這也代表我們得去厄爾家。
「也許拍完以後，我們可以去醫院看瑞秋。」厄爾在我們爬上腳踏車時建議道。
「噢。」我說，「好啊，但我不曉得今天能不能去探病，也不曉得探視時間到幾點。」
「我打電話問過了。」厄爾說，「今天晚上七點以前都可以。」
這件事讓我覺得有點訝異，在我騎腳踏車去厄爾家的時候，我一直在想這件事。我是說，厄爾實際上顯然是個比我好太多的人，但我沒料到他會大費周章打電話到醫院詢問探病時間之類的事情。我猜花五分鐘撥個電話應該不是非常困難，但這種事除非有人逼我，不然我肯定不幹。

我越想心情就越差，原來我沒辦法鼓起勇氣打電話問醫院幾時能去探病。我眞的需要加把勁，不然我就會是來日無多的女孩史上最爛的朋友了。

基本上，我想的是還好有厄爾。我的道德感不是太強，我必須仰賴厄爾的引導，不然我可能會不小心成了隱士、恐怖分子還是什麼的。看看我有多爛，我還算是個人嗎？鬼才曉得答案。

內景：傑克森家的客廳

時間：下午三、四點左右

麥斯威爾：把你的臭褲腳拉下去。

厄爾：我騎腳踏車來的。

麥斯威爾：沒人想看你的臭屁股襪子。

厄爾：誰在乎我的襪子啊。

麥斯威爾：（氣憤地）沒人想看你的噁爛襪子。

我們進門的時候撞見麥斯威爾，他是厄爾同母異父的哥哥。厄爾捲起褲腳，這點讓麥斯威爾發火。

爲什麼這種事情可以惹人生氣呢？如果你覺得很奇怪，我完全可以了解。在這幾年裡，我慢慢體會到，基本上任何事情都能讓傑克森府上的任何人發火。

原因：橄欖球遊戲的光碟刮到了
結果：麥斯威爾拉著布萊登的頭去撞電視
原因：天氣太潮濕
結果：菲利斯用德瑞克的額頭撞傷了戴文的臉
原因：外面有鳥
結果：布萊登到處跑，見到人就重擊他的蛋蛋

開始打架的時候，大家都是可以修理的對象，不幸的是，動作緩慢、軟弱無力的白人小孩也無可倖免。因此，我在傑克森府上的反射動作就變得很快。只要某人脫下鞋子砸在別人臉上，或某人肘擊誰的嘴巴，我就會朝門口前進。如果我們距離門口很遠，我會盡量躲在家具後面，有時他們把我撞向牆邊，有時我就會成爲牆壁的一部分。

總之，麥斯威爾將厄爾的頭夾在腋下，用拳頭揍他，厄爾也揮手攻擊。騷動引起了其他兄弟的注意，布萊登也是其中一員，他就是脖子上有「眞黑鬼」刺青的十三歲精神病患。他就像一枚長了手的飛彈一樣從樓梯上衝下來，張牙舞爪，目光鎖定了我。我發出微弱的尖叫聲，轉身就跑。

麥斯威爾和厄爾擋住了布萊登的去路，所以我在布萊登用手肘重擊我腦袋之前就衝出了大門。問題在於我太激動了，跑到門廊邊的時候我沒有跳下去，基本上我是摔下去的，頭先著地。

在電影裡，通常只要有人飛出去，時間都會變慢下來。那個人可以仔細觀察周遭各種小

細節，重新思考自己行為造成的因果關係，也許還能思考一下上帝的旨意。總之，這都是騙人的。如果眞有什麼改變，那就是時間其實加速了。我的雙腳一離開門廊，身體立刻就傷痕累累地倒在水泥地上，還摔斷了一隻手。幾乎是在同一時間，布萊登就站在我身邊。

「耶，黑鬼！」他用還沒徹底變聲的十三歲嗓音講話。「耶，笨手笨腳的婊子。」他意興闌珊地踹了我一腳。

「噢！」我發出一聲。這樣的反應激怒了他，他踢得更大力。

「閉上你的臭嘴！」他說。但第二腳其實更痛，我開始尖叫，布萊登因此搧了我好幾巴掌。幸好菲利斯出現了，根據他腦袋裡神祕的邏輯分析，他對這個畫面的反應是揪住布萊登的腦袋，把他扔到院子另一頭去。

他轉頭面向我。我們看著彼此的雙眼。他的眼神冷冷的，一臉厭惡。

最後，他終於開口：「滾離這裡。」然後就走回房子裡。

22 蜘蛛大戰黃蜂

辣妹會讓你的腦袋罷工，我知道這是一種討厭的刻板印象，但說眞的，她們眞的會讓人腦袋當機，彷彿她們會製造什麼神經毒氣。

於是，我進了瑞秋住的同間醫院。不過，我們沒有在同一個樓層，她在化療區，我在「手斷了還莫名其妙感染」這區。似乎沒有人明白我的斷手爲什麼會感染，我很快也就不再追問這個問題。我很擔心我會發現護士其實缺乏某些基本的醫學常識，好比說他們不曉得皮膚是怎麼來的，或手術該如何進行。

但是呢，好啦，我的斷手就是感染了，我發了場高燒，這一切都意謂著我必須在醫院待上好長一段時間。這也表示會有人來探望我。這些訪客都有話要說。

媽

- 我可憐、可憐的心肝寶貝。
- 我們會讓你快點出院的。
- 噢，我勇敢的孩子，你好可憐。
- 你一定很無聊。
- 我從你房間跟書房隨手帶了幾本書來。
- 我把這些書放在之前帶來的書上頭。
- 你要記得做功課。
- 只要有任何不舒服，你一定要馬上告訴護士。
- 如果你還有點頭痛，你要立刻用對講機請護士過來，因爲可能是腦膜炎。
- 我說可能是腦膜炎。

• 腦膜炎是會死人的大腦疾病，而在醫院裡，你有時會很脆弱……

• 你知道嗎？我並不是想嚇你。

• 只是如果你有一點點頭痛什麼的，一定要叫護士過來。

• 我快發瘋了，但說眞的，記得叫護士過來。

• 你的對講機可以通話嗎？

• 我來試試能不能通。

媽跟葛瑞琴一起來

• 我們來替你加油。

• 葛瑞琴，妳有沒有什麼話要跟妳哥講？

• 葛瑞琴，請妳配合十五分鐘都不行嗎？

• 葛瑞琴，我們不是在玩。

• 眞不敢相信妳一點都不配合。

• 請妳去外面等。妳眞的很過分。妳怎麼可以這麼過分？爲什麼要這樣？我五分鐘後就出去。

• 老天。

媽跟葛芮思一起來

• 葛芮思幫你畫了一張圖！
• 畫的是貓貓史蒂文斯！
• 這是什麼？噢。
• 是一隻熊。
• 葛芮思替你畫了一頭很帥氣的熊。

厄爾

• 伙計，你還好嗎？
• 我跟你的幾個老師談過了。
• 你好像要寫報告還是什麼的。
• 你要做課本裡一堆什麼的作業。
• 哈洛德老師要你別擔心禮拜五的考試，等你回去上課的時候，會再討論考試的事情，然後她希望你感覺好一點。
• 庫柏利老師希望你能在這裡考試，但我實在不曉得該如何進行，所以我的建議是別放在心上。
• 那天《穆荷蘭大道》寄來了，我看完了。
• 那片子很威，眞的很威，我沒開玩笑。

・等你一出院我們一起看。
・那玩意兒瘋得跟什麼一樣。
・女同志什麼的。
・你看看你。
・等你出院的時候，你會變成一隻弱雞。
・你成天就躺在床上。
・還有什麼？還有什麼？
・噢，我又去看了你的女朋友。
・她頭超光的。
・她看起來很像《星際大戰》的黑武士拿下頭盔的樣子。
・孩子，化療眞不是開玩笑的。
・她問我可不可以借她一些我們的電影，我給她了。
・我不知道該借她哪一部，就給了她大概十部。
・喂。
・你在吼什麼啦？
・你現在是認眞的嗎？你眞的要跟我說這個？
・你可不可以冷靜一點？
・你眞的必須小聲一點。

• 老兄，那女孩身體裡現在有一狗票亂七八糟的化學物質，她需要一些能夠讓她開心的東西，她看那些電影的時候很快樂啊。

• 我不是說有多快樂，但她會笑什麼的，那已經算是很大的進展了，所以不要跟我抱怨這種事。

• 對，沒錯，冷靜下來。

• 你以爲我會拒絕她嗎?他媽的她已經要因爲癌症死掉了，幹。

• 靠。

• 這就是賈恩斯老爸說的「情有可原的狀況」，我說得沒錯吧?

• 眞要命。

• 聽著。

• 你蠢得跟鬼一樣，但我懂你。

• 你知道，我也不喜歡給別人看那些東西。

• 但你眞的沒辦法拒絕這個女孩。

• 我懂你，這就好像……不知道耶，你不明白她有多愛我們的蠢蛋電影，但她眞的很喜歡。

• 所以少在那邊抱怨。

• 夠了，我要閃人了。

• 孩子，快點好起來。

老爸

・哎呀呀。

・你今天看起來心情很好耶！

・不，我知道，我只是開個小玩笑。

・不，在這裡實在很沒意思。

・不過你可以過著很墮落的生活，對吧？

・電視一直開著，有人送飯來，還有一堆書可以看。

・不是所有住院的人都過得這麼爽。

・當我在亞馬遜住院的時候，所有病人全部擠在同一個病房裡，裡面沒有電視，我們僅有的娛樂是看著距離你臉約莫兩公尺，在茅草天花板上的毛茸茸大蜘蛛等著獵物上門。

・蜘蛛跟你的拳頭一樣大。

・獠牙上還閃著毒液的光芒。

・每隻蜘蛛都有好多小小的黑色複眼，在晚上會反射微微的光。

・他們還會跟黃蜂打架！

・有時天黑了，黃蜂會攻擊某隻蜘蛛，牠們會扭打起來，掉到床上，亂咬、亂螫、亂鑽，然後……

・好啦、好啦。

●只是剛好想到嘛。

厄爾跟德瑞克一起來

●還好嗎？
●葛雷，你還好吧？
●德瑞克問說，喲，厄爾，醫院裡有糖嗎？
●對，我好像說，如果我不吃糖，我會抓狂。
●所以我們買了一些彩虹糖，還有兩個七彩糖果條來。
●本來有三個，但我吃了一個。
●對啊。
●喲，讓我在你的石膏上簽個名。
●如果你不喜歡這些口味，你可以還我們。
●簽……好了。哈哈！
●見鬼了德瑞克，這什麼啦？
●奶子！
●你他媽的在葛雷的石膏上畫什麼鬼奶子啦？
●噢，沒關係啦，有什麼關係？
●眞是要命。

•眞是該死。

•我們得走了。

麥迪遜

•哈囉！

•我和我的奶子來病房陪你了！

沒錯，麥迪遜．哈能來醫院看我了。說實在的，我不能再用愚蠢的條列式寫下去了，我要描述一下我和麥迪遜的狀況。我一度覺得一般的書寫方式很膩，但我現在也覺得條列式很膩。我們的處境還眞艱難。

如果你讀完這本書之後，跑來我家虐殺我，我眞的不會怪你。

顯然麥迪遜不會說：「我很辣，我來你的病房陪你了！」這種話，但對我來說，這就是重點。我沒理由期待她來，所以當她剪了個又短又性感的髮型、身穿綁帶背心，像女神一樣出現在病房門口的時候，約莫有三十秒的時間我完全不曉得該說什麼。我痛苦地意識到，長期待在醫院裡讓我蒼白到了極點。

「嘿，外星人研究員。」

「嗯？」我說。

「我聽說，你在實地考察的時候，外星人弄斷了你的手。」

我一度不曉得這話是什麼意思，我很擔心這是她對厄爾兄弟充滿種族歧視的言論。不過，這是因為我沒想清楚。辣妹會讓你的腦袋罷工，我知道這是一種討厭的刻板印象，但說眞的，她們眞的會讓人腦袋當機，彷彿她們會製造什麼神經毒氣。總之，最後，我終於想起來她到底在說什麼。

「噢，對啊。」

「對啊？」

「我忘了我開過那個玩笑。」

「你忘了？」

「對，我手斷了。我當時想蒐集嘔吐物。」

「對，就跟你之前說的一樣。」

「對，外星人太激動了，急著想跟我分享，他的觸手瘋了似地到處亂揮，事情就是這樣。」

「聽起來眞危險。」

「眞正的科學就是這樣，充滿了危險，至少外星人很過意不去，他派了一位外星人兄弟來看我，外星人兄弟在我的石膏上畫下這個神祕的符號。妳看，意思是指『我的心好痛，充滿了一千顆月亮的懊悔與遺憾』。這是很感人、很美麗的外星人語言，不過，在我們看來，這符號就像奶子。」

老實說吧，天底下不會有任何一個女孩對隨手亂畫的奶子感興趣。我說過了，我只能逗長相平平的女孩和老女人開心，在辣妹面前，我手足無措。不過，麥迪遜卻低聲笑了起來，也許她不是因爲客氣才笑的。

然後，麥迪遜用她那張塗了漂亮唇膏的小嘴講了些我沒辦法立刻消化的話。

「嘿，我剛才去探望瑞秋，她正在看你們拍的電影。」

我花了點時間理解這段話。然後我的心臟好像有個地方開始自我吞噬。

「噢，呃……對啊，嗯哼。」

「你說什麼？」

「不，那是……呃，對啊。」

「葛雷，怎麼了？」

「沒有，沒事，好得很。我是說，沒事。」

「她眞的很喜歡你們的電影。」

「呃，哪一部？」

我全身開始冒汗，就連我的耳朵都開始流汗。事實上，我的頭髮好像開始自行脫離我的頭皮一般。

「她不肯告訴我！也不肯讓我看。我一進房，她就關掉了。」

好啊，眞是讓人鬆了口氣。

「噢。」

「她說，她不能讓別人看。」

好啊，感謝上蒼。我還是很害怕，我在想，麥迪遜曉得我跟厄爾拍電影，她最後肯定會告訴別人，沒多久，大家都會曉得這個奇怪的祕密，不過，不知怎麼地，我也覺得滿溫馨的，瑞秋眞的明白我是怎麼看待那些影片的。

「她說，你和厄爾因爲某些原因想要保持低調。」

瑞秋眞的懂，這點毋庸置疑。你得尊重這點。她不是電影人，但她花了不少時間聽我解釋拍電影這回事，我猜她大概明白我對某些事物的看法，而你實在不能否認，當其他人懂你的時候，感覺眞的還不錯。我逼著自己稍微放輕鬆一點。

「對啊。」我說，「我們對於那些影片的態度滿奇怪的，我猜我們就是追求完美吧。」

麥迪遜沒有說話，但她看我的目光卻不知怎麼地讓我也閉上了嘴巴。所以我們一度都沒有講話。然後，她說：「你眞是瑞秋的好朋友。我覺得你的行爲實在很了不起。」

不幸的是，「辣妹神經毒氣」就在此時開始產生作用，更別說我進入了「超級謙虛模式」。天底下最蠢、最沒有意義的就是這個模式。在這個模式裡，你會與打算稱讚你的人爭論。基本上，你是使勁渾身解數想要說服別人你是個大混蛋。

我根本就是蠢話界的發明大王愛迪生。

沒錯。麥迪遜說：「你眞是瑞秋的好朋友。我覺得你的行爲實在很了不起。」

顯然最好的回答應該是：「呃，我不知道。」

「不，你該聽聽她是怎麼說你的。」

「我根本不是什麼好朋友。」

「葛雷，這話太荒謬了。」
「不，好像……不知道耶。我去她家，一直講我自己的事情。我根本不會聆聽他人講話。」
「這個嘛，這樣還是讓她很開心啊。」
「好像沒有多開心吧。」
「葛雷，眞的啦。」
「呃，我不曉得。」
「你現在是認眞的嗎？」
「對。」
「葛雷，她告訴我，她說你是一個很棒的朋友。」
「嗯，也許她騙人。」
「你覺得她說謊？她爲什麼要說謊？」
「呃。」
「葛雷，喔，我的天啊。眞不敢相信你居然在爭論這種事情。她很喜歡你的電影，雖然你不讓別人看，但她很高興你讓她看，光是這點就已經很慷慨了。所以請你閉嘴。」
「我只是說說。」
「葛雷，她爲什麼要騙我說你是個好朋友？眞是瘋了。」
「我不知道，女生很怪。」

「不，你才怪。」

「不，妳才怪，衆人皆怪我獨醒。」

這話讓麥迪遜忽然笑了起來。

「噢，我的天啊，葛雷，你眞的好奇怪。我喜歡你的怪，我就喜歡你怪。」

記得我之前說過的話嗎？麥迪遜這種女生就和在叢林裡亂逛的大象一樣，不小心會踩死花栗鼠而不自覺？我前面講的就是這件事。老實說，我的理智徹底明白麥迪遜．哈能絕對不可能跟我在一起；不過，只有我的理智這麼想而已。人啊，還是有另一個不理智又愚蠢的自己，這是你甩也甩不掉的。儘管沒什麼希望，儘管她能夠和學校任何一個男生交往，更別說大學生了，儘管你長得跟麥片粥怪物一樣，看見東西就要吃，還經常塞鼻子，每天一定要講些蠢話，彷彿蠢話公司的員工一樣。儘管如此，你實在沒有辦法抹煞這微小又荒謬的希望火花，那就是，也許這個女孩喜歡上你了。

所以，當這個女孩說「我喜歡你的怪，我就喜歡你怪」的時候，感覺其實還滿好的，事實上，感覺棒透了。不過，這只是大象踩死你的時候，你的大腦所進行的詭異化學反應而已。

我覺得她大概發現我癱瘓了，因爲她又立刻講下去。

「總之，我只是希望你趕快好起來，然後，呃……我覺得你能跟瑞秋當朋友實在很棒。」她又隨即補充，「就算你不這麼想，你還是讓她很開心。」

「我猜她喜歡怪胎。」

了。

「葛雷，『大家』都喜歡怪胎。」

我的花栗鼠大腦和內臟全像比薩及炸薯球一樣抹在森林的地上。最詭異的是，感覺棒透了。

成爲花栗鼠是天底下最蠢的事了。

23 吉伯特

北極熊是自然界裡最容易懊悔的生物。科學家搞不懂爲什麼，但在動物界裡，牠們能夠表現出純粹的懊悔。牠們會發出優美又讓人難以忘懷的聲音：呃爾爾爾爾爾爾嗝。

在我出院之前，我去探望了瑞秋。癌症病房看起來和我住的區域差不多，只不過住在這裡的孩子看起來更憂鬱一點。聽著，他們眞的很慘，我必須老實說。他們比一般人更蒼白、更虛弱、更瘦小，也更嚴重。有個男孩，事實上，也許是個女孩，總之，他一動也不動地閉上眼睛坐在輪椅上，也沒有人看顧他。我必須壓抑明顯想要抓狂的感覺，因爲我擔心那個男孩會不會死了？他們放任一個死人坐在輪椅上展示，好像在說：「噢，對啊，那是吉伯特。他已經在那裡三天了！我們覺得他能夠提醒大家『生命最終的模樣』。」

瑞秋的氣色看起來比多數其他孩子好，但她已經剃光了頭髮。這點眞的需要好好適應。我每兩分鐘左右就會看看她的頭，就連盡量不去看的時候都會想到她的大光頭，害我的皮膚變得又燙又癢。和厄爾說得一樣，看起來眞的很像黑武士摘下面具的模樣。她的腦袋白得不像話，好像煮熟了似的，還看得見靜脈和凹凸不平的地方。

至少她心情還不錯，她很虛弱，聲音有點沙啞，但看到我的時候，她還笑得出來，不知爲何，她的眼神也很開心。我不曉得該怎麼說才好。好像在他們爲她注射的超級痛苦治療之中還有一絲快樂的感覺。醫院啊，實在好難懂。

「喲。」我說。

「最美的一點就是你不是襪子玩偶。」她對我說。

這句話來自我們的詹姆士．綳德諷刺劇《你好，死好》，在這部戲裡，所有的人物都是襪子玩偶。不知道爲什麼，她用這句話和我打招呼的感覺還滿幽默的。

「哈嗚。」我說。

「謝謝你來看我。」

「對啊，我恰好在附近出沒。」

「對，我聽說了。」

經過了《你好，死好》的開場白之後，我的防禦心稍微鬆懈了一點。通常，當一個人防禦心鬆懈的時候，你會發現自己開始說出這輩子最混蛋的話。以下就是一個絕佳的實例。

「對，我想說如果無緣無故跑來探望妳似乎很奇怪，於是我說服厄爾打斷我的手，所以……呃……我就有藉口過來了。嗯，對。」

耶穌基督混蛋啊。這句話一開始，我的混蛋指數只有結實的四分，也就是正常值。等到「藉口」這個字眼出現的時候，指數飆高到九點四。等到我說完，我已經輕鬆衝到十分，事實上，大概爆表了。

這句話顯然讓瑞秋提不起勁。「也許你下次來，可以不用找藉口。」

「對，我剛剛才發現這點，呃，對啊。」

「或者也許你根本不用來。」

「不，妳在說什麼？」

「沒事。」

「我只是在開玩笑。」

「我知道。」

「呃。」

我們沒有說話，所以我又發出怪聲。

「呃爾爾嗝。」

「那是什麼聲音？」

「懊悔的北極熊。」

鼻孔噴氣。

「北極熊是自然界裡最容易懊悔的生物。科學家搞不懂爲什麼，但在動物界裡，牠們能夠表現出純粹的懊悔。牠們會發出優美又讓人難以忘懷的聲音：呃爾爾爾爾爾爾嗝。」

噴氣、咳嗽，然後瑞秋說，「事實上，你實在不該逗我笑。」

「糟糕，抱歉。」

「不，我喜歡北極熊，但我現在笑會有點痛。」

「看吧，現在我後悔學北極熊叫了，但這後悔的心情卻讓我想多叫一下。因爲北極熊眞的很容易後悔。」

無力的噴氣。

「所有發生的一切，北極熊都覺得很後悔。牠喜歡魚跟海豹，牠們是好朋友。牠不喜歡自己必須殺掉且吃掉牠們。不過，牠住得太北邊，距離有機超市太遠了，然後……」

大噴氣。

「抱歉、抱歉，我這就住口。」

「嘶嗯。沒關係。」

「好。」

沒人接話。我不得不看著瑞秋好像煮過的大光頭。自從我進了她病房，這大概是我第十四次覺得自己的皮膚又熱又癢。

「妳感覺如何？」我問。

「我覺得還不錯。」她說，顯然在說謊。她似乎想要藉由多講點話讓我放心，不過說話似乎讓她很累。「我是覺得有點虛弱，抱歉你剛剛說需要理由來看我的時候，我發脾氣了。我對你發脾氣是因爲我病了。」

「我生病的時候動不動就會鬧脾氣。」

「對啊。」

「妳氣色很好。」我騙人。

「才沒有。」她說。

我不確定該用什麼樣的力道回話。我實在沒有辦法強調她看起來有多好，畢竟在醫院裡待了一個禮拜，誰會看起來氣色好？最後，我只好說：「就剛做完化療的人來說，妳的氣色眞的很不錯。」她似乎接受這個說法。

「謝謝你。」

探病時間結束，護士進來要我離開。如果我們能夠老實說，我其實有點後悔，因爲我覺得自己好像沒有盡責逗瑞秋開心，我還想再試一試。如果這樣的想法讓我看起來像是什麼大好人的話，其實並非如此。我之所以想逗瑞秋開心，是因爲如果一個人對某件事很在行，他就會想持續做這件事，因爲這讓他自我感覺良好。所以如果我想和瑞秋在一起，主要是出於自私的理由。

「等等，你石膏上這是什麼？」媽在車裡的時候問。

「噢，這個喔。」我說。我的腦袋開始加速思考，但我什麼也想不出來，我只好據實以對。「這是一對奶子。」

「噁心。」葛瑞琴尖叫，然後我們開車回家。後來，我吃了這幾天來第一次普通的飲食，我的腸胃鬧起脾氣來，相信我，你不會想了解詳細狀況的。

24 蒼白少年 風平浪靜的一天

說不定人死後會前往一個很大的檔案庫，裡面全是天使記者特別幫你撰寫的平面報導，讀起來就像這個章節一樣。感覺一定難過極了。

斷手事件發生在十月的第二個或第三個禮拜。我想大概是吧。我不想查日期。我必須告訴你，我爲什麼不去查嗎？我大概該解釋一下，眞的很慘。我能夠用的理由莫過於：那次經驗實在太傷心、太痛苦了。但顯然如果我要費心寫這本蠢書的話，這根本不是理由。眞正的原因就是懶惰啊。我想過要不要挖出醫院的單據，可是那就跟挖痔瘡一樣痛苦。所以，我沒去找。

何況，確定實際的日期其實很怪。感覺像是在看新聞還是什麼的。好像我的人生印在《匹茲堡郵報》還是《紐約時報》一樣。

二〇一一年十月二十日

蒼白青少年出院回家

寬慰的電影人以大吃歡慶

抖動的肥肚皮引來貓咪攻擊

說眞的，這書大概能讓我的人生看起來比實際更有意思，狀況也更多。書總是試圖這麼做。如果你能看看我人生每天的頭條標題，你就能夠理解我的生活有多無聊又亂七八糟了。

二〇一一年十月二十一日

蒼白青少年低調返校

賈恩斯受到「作業存貨」騷擾
多位老師並沒有發現這名學生缺席長達一週

二〇一一年十月二十二日
本日無大事
就連晚餐都吃剩菜

二〇一一年十月二十三日
軟弱青少年試圖讓斷手長回肌肉
短暫舉重，有夠痛苦
電影人以仆街姿態在地上躺了幾個小時才恢復

二〇一一年十月二十四日
真的沒有什麼大事
抖動的肥肚皮再次引來貓咪攻擊
該名學生展開多場瘋狂對話
不值得記錄下來

說不定人死後會前往一個很大的檔案庫，裡面全是天使記者特別幫你撰寫的平面報導，讀起來就像這個章節一樣。感覺一定難過極了。希望某些頭條也會寫點其他人的故事，而不是只有你而已。

二〇一一年十月二十五日
庫許納買帽子
後來，尷尬盯著別人的光頭看似乎變成了很討人厭的事情
帽子似乎又比黑武士的光頭更讓人難過

二〇一一年十月二十六日
傑克森在午餐時間發表缺乏尼古丁演說
據悉，許多人事物及概念都鳥到不行
這位滔滔不絕、正色闊談的朋友表示戒菸「大概是個錯誤」

二〇一一年十月二十七日
賈恩斯夫婦又展開新一輪的大學叨念
電影人「令人失望」的成績鉅細靡遺地預言了失敗的未來
連科技大學都列入考量

我猜在我住院的時候，爸媽就決定該跟我談談大學的事情了。當然啦，這不是我們第一次聊這話題。第一次是老爸在高二學期快結束的某一天跑來我房裡。他臉上帶著不好意思又憤恨的神情，這種表情通常都在老媽逼他做什麼討厭的事情時出現。

「哈囉，兒子。」他說。

「嗨。」我說。

「兒子啊，你有沒有興趣去……去大學參訪營？」

「噢，並沒有。」

「噢！」

「對啊，我並沒有很想參加。」

「不……不參加大學參訪營，你說了！我明白了。」

「對啊，不要。」

得知我沒有要參加，老爸樂得立刻出了我的房間，之後的幾個月再也沒提到與大學有關的話題。雖然當時，大學這個概念一直陰魂不散地出現，但只要沒人明說，我就可以徹底裝死。

不知為何，我就是沒有辦法思索大學這件事。我一打算思考，嘴巴就會變得乾澀，腋下開始發癢，我必須在大腦裡轉換頻道，看點和大學無關的東西。通常都是轉到大腦自然頻道。這個時候，你會幻想一群優雅的羚羊在大平原上嬉戲，或逗趣的海貍以枝條高明地蓋出小窩，或是蟲蟲特輯裡，巴西叢林的昆蟲互相咬死對方。基本上，想什麼都好，只要我的腋下不再有蜜蜂螫咬的感覺就好。

我不曉得爲什麼大學會讓我嚇成這樣。事實上，這話是個天大的謊言。我肯定曉得原因。我花了很多心力才弄清楚班森高中的生態，描繪出全校的社交地景、想辦法在其中闖蕩卻又不惹人注意，基本上，我的間諜能力差不多也只有到此而已。大學的規模比高中大，也更複雜，好像有更多數都數不完的族群、人種和活動。所以，想到要面對那樣的環境，我就焦慮，甚至想發瘋。我是說，你基本上必須和同學一起住在宿舍裡，他們怎麼可能看不見你？在同寢的室友之間，你能表現出多無聊、多無害、多沒有存在感？在宿舍裡，你連屁都不能放。你得跑去外面走廊之類的地方放屁。不然你就別放屁吧，不過，誰曉得有屁不放的話，人會變得怎麼樣？

所以大學眞是嚇死我了，我完全不想花腦筋去思索。不過，老爸和老媽覺得大學很重要，必須事先準備。約莫在我出院後一週，他們跟巴西叢林的昆蟲一樣埋伏，開始試圖螫咬我。我是說，他們不是眞的螫咬我。你懂我的意思啦，眞是爛透了。

稍微想了一下，我決定就去念卡內基梅隆大學吧，也就是老爸任教的學校。不過，老爸和老媽很懷疑我進不進得去，因爲我的成績不算頂尖，而且我也沒有參加什麼課外活動。

「你可以讓他們看看你的電影。」老媽建議道。

這個想法眞是太恐怖了，我必須裝死五分鐘。在這五分鐘裡，老爸、老媽覺得對我大吼實在太無聊了，他們不得不離開我的房間。不過，等到他們聽到我開始活動，他們又回來，我們又得繼續談下去。

最後，我們討論出結果，我也應該申請匹茲堡大學，我覺得這間學校跟卡內基梅隆很像，只是大上十倍，而且更無聊一點。媽也逼我保證會翻閱學校目錄手冊，「也許就坐下來，花個一小時，一頁一頁慢慢看，大概了解一下還有什麼選擇。眞的，不會花費你什麼時間。而且，能夠大概了解你還有什麼選擇的確是件不錯的事情，因爲你可以有很多不同的選擇，如果你不能找到最適合的學校，那就太可惜了。」最後我只能說：「好啦、好啦，老天救命啊」。

不過，大學目錄實際上有一千四百頁，我怎麼可能看這種東西？不知道什麼原因，我將它放在背包裡揹了幾天，每次看到它，就有一種腋下有蜜蜂的感覺。

有次去醫院看瑞秋的時候，我不小心提到大學，眞是大錯特錯啊！然而，她對這個話題很有興趣，我們不得不在尷尬漫長的時間裡談大學的事情。

「顯然休．傑克曼開始了新的六塊肌訓練。」我打算讓她分心。「所以他現在比之前多了四塊。」

如果這句話沒有讓她停止大學的話題，那就太瘋狂了。結果還眞的沒有。

「你想念卡內基梅隆？」她說，撐起身子，看我的神情比平常還要嚴厲。

「我是說，和其他學校比起來，我寧可念這間。」我說，「但爸媽覺得我進不去，所以我大概會去匹茲堡大學。」

「你爲什麼進不去？」

「呃，我不知道。你要有很好的成績。如果你是辯論社社長，或曾替流浪漢打造棲身之所，錄取的機率會比較高，而我在課餘時間除了鬼混之外，什麼事也沒做。」

我看得出來瑞秋想提電影的事情，但她沒說，這樣很好，因爲我已經準備好再次裝死。不過，在醫院裝死似乎不是改變話題的好策略。那種行爲不適合這個地方。再說，可能會有人走來，以爲你眞的死了，他們會用輪椅把你推到會客室或什麼地方，就跟坐在輪椅上而且大概已經死掉的吉伯特一樣，我大概在兩千四百個字之前提過他。

「眞的，我在大學的唯一目標就是不要加入兄弟會。」我說，開始一段還過得去的即興發揮。「因爲兄弟會最喜歡做的事情就是找個肥仔，把他綁在旗桿或教授的車上，我很擔心會遇上這種事情。他們最喜歡這樣了。也許他們會用皮帶抽我什麼的。聽起來很同性戀，但當你這樣講的時候，他們會整個大失控。」

不知爲何，這段話沒有逗瑞秋笑，她反而說：「你又不肥。」

「我超肥的。」

「才沒有。」

瑞秋跟我爭這個實在很蠢，所以我接下來幹了一件過去從來沒有做過的事情。

「我曉得誰會和妳意見相左。」我說，「他的名字叫做花生醬三明治加肚皮，但減掉花生醬。」

「哼。」瑞秋說。然後我拉起上衣，讓她看我的肚子。

我是說，我沒有像很多人一樣那麼肥，但我眞的肥，我可以捏起兩層肚子上的肉，看起來跟玩偶一樣。

「針對妳剛剛講的話，我有一些意見。」我的肚皮高聲地說，不知爲何，它講起話來居然帶有美國南部的口音。「妳的指控讓我覺得很丟臉、很難過，對了，這附近有沒有多的墨西哥玉米片可以吃？」

人生走到這步，我可從來沒有用肚皮對另一個人講話過。我似乎從來沒有必要用這種方法逗別人笑。這點大概顯示出我眞的很希望瑞秋開心，不過，那天她沒有用鼻孔噴氣，也沒有發出怪聲。

用手撥弄肥肚皮，還要以南方口音對人亂吼已經夠慘了，而當對方完全沒有發笑的時候，感覺實在更糟。

「如果沒有墨西哥玉米片，我勉強也能接受牛排和蛋糕。」我的肚皮補充道，但瑞秋還是沒有笑。

「你在卡內基梅隆想讀什麼？」她問。

「誰曉得呢？」我說。我沒拉下衣服，免得她忽然明白我有多可悲，居然用自己的身體娛樂她。不過，她似乎沒有察覺。

她沒說話，所以我繼續講。「我是說，多數人去念大學的時候，根本不知道自己想念什麼，所以會選修一堆課程，看看自己到底喜歡什麼，對吧？」

我得繼續亂講，不然她就會提到電影的事。我看得出來。「基本上大學就和吃自助餐一樣，很貴的自助餐，只不過你得吃光盤子上的東西，不然他們會攆你出去。就概念上來說，其實還滿爛的。如果這種狀況發生在眞正的自助餐店，那就好玩了。你會說：『嗯，這個木須肉吃起來有點白堊土的味道。』然後一個巨大的中國人會說：『吃光，不然我會當了你，同時將你從這間餐廳踢出去。』這樣做生意感覺不是很妙啊。」

沒噴氣，沒笑容，沒反應。眞是爛到家了。這個時候我只能繼續拉著上衣，賭氣下去，因爲我的肚皮肯定不會發出什麼怪物的笑聲。

「所以你不曉得自己想讀什麼？」

瑞秋顯然想要朝電影的方向前進。不過，如果我的話沒辦法逗她笑，那就算了吧。我決定要讓話鋒迴轉。

「不知道。」我說，「我是說，妳想讀什麼？」

瑞秋幾乎是瞪著我瞧。

「我是說，等妳念大學的時候，妳會想讀什麼科系？」

瑞秋微微撇開了頭，這時我該閉嘴了，但我繼續說話。

「對了，妳申請了哪所學校？」

現在瑞秋盯著空蕩蕩的電視螢幕看，我坐在那裡，用肥肥的肚皮面對她，這個時候，我才發現自己是個混蛋，天字第一號的混蛋。我居然問快死掉的女孩她對未來有什麼計畫？眞是有夠混蛋！見鬼，太要命了。我想一拳用力砸在自己臉上。我想一頭砸在哪扇門上。

話雖如此，此時我也沒有停下對她的埋怨，因爲她又哀傷又充滿敵意，還很奇怪，害我覺得自己想要逗她開心是件壞事。

所以基本上，我恨死了這間病房裡所有的人。我拉下衣服，打算想辦法結束這場對話，並且不要演變成我們想殺掉彼此的狀況。

「嘿。」我說，「我媽給了我這個大屁頭的大學目錄。如果妳想看，我可以把它留在這裡。我現在帶在身上。」

「我今年不會申請大學。」

「噢。」

「我要等到好一點再說。」

「聽起來眞是個好主意。」

她繼續盯著電視螢幕看，看起來有點茫然，又有點生氣。

「這樣很好。」我說，「因爲這本目錄爛透了，大概有一千四百頁，每一頁看起來都好像是隨機選出來的德州基督教觀光勝地一樣。」

可以告訴你一件事嗎？一直這樣胡言亂語讓我覺得好累，也許我該冷靜下來。不過，我覺得自己必須逗她笑，不然這趟探病就白來了。這有點像是勇闖大海的冒險，我又展開另一段胡言亂語。

「再說，我覺得很煩，因爲這本目錄基本上就是提醒我上不了什麼好學校。好比說，妳從後面開始看，妳會找到耶魯大學，妳會說，『噢，好耶，耶魯！我該去申請，因爲這是所好學校。』沒錯。不過，妳會發現他們需要至少四點六分以上的課業成績，對，妳會說，『見鬼了，班森高中的平均分數都沒有到四點六啊。』」

瑞秋的態度似乎軟化了一點，不過我覺得和剛剛那段話沒什麼關係。儘管如此，我決定繼續講，因爲講話能夠塡滿空白的時間，事實上，胡言亂語就是這點好。重點不在於好笑與否，不過優質的胡言亂語基本上都滿好笑的。最重要的是，講這種話能夠讓時間快點過去，你就不用說些讓人沮喪的東西。

「沒錯，然後妳打電話到學校，妳會問：『耶魯啊，這個四點六分是怎麼回事？』他們會說：『噢，對，你知道，如果你是個動機很強的學生，就會發現藏在一般普通高中深處的神祕耶魯預校，那裡的老師都是鬼鬼祟祟的不死天才，在這裡，你就能夠得到四點六以上的成績，還能學到時空旅行的方法。以及，呃……從一般家電裡製造出人工智慧來。你可以讓攪拌器活過來，攪拌器會成爲你最忠實的僕人，幫你收信，只不過它會不小心攪爛信，因爲它是攪拌器啊。耶耶耶耶個魯！』」

「葛雷，你可以把目錄留在這裡。」

她說這話很可能只是想快點擺脫我，但至少是個回答，還算滿正面的。

「眞的嗎？」

「除非你想繼續帶著它到處跑。」

「不，開什麼玩笑？我恨死這本目錄了。太好了。」

「對，我想看看裡面的內容。」

我從背包裡撈出目錄。能夠擺脫它，我眞是太開心了。再說，也許這本目錄能讓瑞秋覺得自己距離死亡更遠了一點。

「來，給妳。」

「放桌上就好。」

「放好了。」

「好。」

她的態度也許軟化了一點，但她還是沒有笑，反應也都冷冷的，所以我有點失控，居然說：「我來這裡的時候沒有逗妳開心，我眞是個爛人。」

「你不是爛人。」

「算是。」

「你如果不想來，你可以不要來。」

這話聽起來讓人有點難過。因爲，說眞的，我的確不想一直來看她。她心情好的時候已經讓人壓力夠大了，現在她又病得很重，動不動就發脾氣，我眞的好累。舉例來說，我會因爲來看她而心跳加速。我坐在這裡，就會有那種不舒服的震動感，就是當你心跳太快會有的感覺。不過，我曉得如果不來看她，我只會覺得更糟。

所以，基本上，這一切已經搞砸了我的人生。

「我不來看妳是因爲我不想。」我說，然後發現這話實在不合邏輯，連忙改口，「我來看妳，是因爲我想見妳。如果我不想來，我又爲什麼要來呢？」

「因爲你覺得自己不得不來。」

眞的，面對這種時刻，我眞的只能說謊了。

「我不覺得自己不得不來。而且我又蠢又不理智，所以當有些事情必須做的時候，我根本不會去做。我根本不曉得該如何過正常人的生活。」

我將對話引導到一個很奇怪的方向，只好倒車，回到前面一點。

「我想見妳。」我說，「妳是我的朋友。」

我又說：「我喜歡妳。」

說出這話讓我覺得尷尬又誇張。我覺得我這輩子可能沒有跟任何人講過這種話，大概也不會再說了，因為說出這話會覺得自己好白痴。

總之，她的反應是「謝了」。實在搞不懂這是什麼意思。

「沒什麼好謝的。」

「好。」

「我是說，抱歉。太瘋狂了。我居然對妳大小聲。」

我只想快點逃離醫院，但我曉得若是離開了，又會覺得過意不去。我猜她大概察覺到了這點。

「葛雷，我生病了。」她說，「我現在只是開心不起來。」

「好。」

「你可以走了。」

「好，好啊。」

「我喜歡你來看我。」

「太好了。」

「也許我下次會好一點。」

結果事實並非如此。

老天爺啊，我眞的很討厭寫這一切。

25 笨蛋的白血病指南

如果這本書是講述白血病女孩的一般書籍，我大概就會寫點在她越發虛弱的過程裡說了什麼意義深遠的話。我們大概會相愛，最後她會浪漫地在我懷裡斷氣。

我想該試著解釋一下白血病是什麼，免得你不懂。在瑞秋發病之前，我對這種疾病一竅不通，現在我大概有淺薄的認知，坦白說，已經遠超過我對這種疾病感興趣的程度了。

某些癌細胞會聚集在身體部位，好比說肺癌或肛門癌。你大概以為肛門癌不存在，其實是有的。總之，這種癌症可以透過外科手術切除。不過，白血病卻是血液和骨髓的癌症，所以會擴散到全身，沒有辦法推進開刀房用刀子解決。我是說，手術刀什麼的已經夠可怕、夠噁心了，但治療癌症還有另一個方法，就是用放射線和化學藥劑，這種治療方法更糟。面對血癌，你只能選擇全身化療。

實在是糟糕透頂。

老媽說，化療就好像是城市裡躲了壞人一樣（瑞秋的事情讓老媽忘記我不是小孩子）。總之，城市裡躲了壞人，化療就像是朝著城市裡丟擲炸藥一樣，這樣才能殺光壞蛋。在過程裡，城市某些地區會遭到破壞。我告訴瑞秋這個比喻，她的反應很不屑。

「比較像是我得了癌症。」她說，「而我正接受化療。」

反正在炸死壞人的過程裡，「瑞秋城」肯定也會遭到破壞，特別是「頭髮村」、「皮膚鎮」，還有「腸胃區」這幾個地方。因此她買了帽子。粉紅色可愛的毛茸茸帽子，這種帽子通常會出現在逛購物商場的女孩頭上，而非成天臥床的女孩腦袋上。

如果這本書是講述白血病女孩的一般書籍，我大概就會寫點在她越發虛弱的過程裡說了什麼意義深遠的話。我們大概會相愛，最後她會浪漫地在我懷裡斷氣。不過，我不想騙人，她實在沒有說出什麼深刻的話語，我們也肯定不會相戀。在我愚蠢大爆炸以後，她似乎沒那麼氣我了，但她基本上就是從煩躁易怒變得沉默不語。

我會去她病房講點什麼，她會微笑，有時發出淡淡的咯咯聲，但大部分時候都沒講話，而我也跟著辭窮，接著，我們就放一部「賈恩斯與傑克森拍攝」的電影來看。先從近幾年拍的看，膩了以後就去看舊東西。

和瑞秋一起看這些電影是很奇怪的經驗，因爲她看得好專注。我曉得這話聽起來很蠢，但坐在她身邊，我忽然能夠以她的角度看待這些電影；這位不加以評論的影迷眞的喜歡我們各種愚蠢的選擇。我沒說我慢慢喜歡上這些電影，我想你大概可以忍受這些荒唐大缺陷和我們搞砸的段落。你也許會看到打壞的燈光、聽到奇怪的音效，你沒有聚焦在我們打算陳述的故事情節，反而想到身爲電影人的我跟厄爾，你因此不小心把目光停留在我們身上。然後，如果你喜歡我們，你大概就會喜歡我們的電影。也許這就是瑞秋看待我們作品的方式。

不過，因爲她沒有明確說出口，所以也許我只是在亂掰一通。

同一時間，她的健康狀況似乎沒有好轉的跡象。有那麼一、兩天，她的心情特別黯淡，我實在是愛莫能助。比如我們有天一起看電影，她話特別少，然後她忽然說：「葛雷，我覺得你說得沒錯。」

「什麼？」

「我說我覺得你說得沒錯。」

「噢。」

她好像以爲我知道她在講什麼。

「呃，我通常都是對的。」

「你不想知道是關於什麼事嗎？」

「呃，想啊。」

也許她覺得我不懂她的意思。誰曉得啊？女生最瘋狂了，快死的女生更是瘋狂到不行。事實上，這段話聽起來太爛了，我收回。

「我到底說對了什麼？」

「你說我快死了，我覺得你說得很對。」

我不想抱怨，但此時此刻，我覺得自己遜斃了。她居然說這種話，眞是氣死我了。我想將話吞回去。

「我什麼時候說妳快死了？」

「好吧，你覺得我快死了。」

「不，我才沒有。」

她沒有答腔，我氣死了。

「我沒有這麼想。」我講話的聲音也太大聲了。

我是說，這是個謊言，我倆心知肚明。

最後，瑞秋說：「好吧，如果你曾這麼想過，你想得沒錯。」

之後，我們久久沒有說話。事實上，我想對她大吼大叫，也許我該對她大吼大叫。

老天爺啊，我眞的很討厭寫這一切。

26 血肉之軀

不管怎麼說，我的生命已經是一團糟了。不過，我也不想跟個白痴一樣自怨自艾，因為，生命走到盡頭的人又不是我。

人體就像一個奇怪的生態系統一樣，教科學的老師很愛強調的一點就是，生態系統若有一點點變化，那整個系統都會受到影響。這麼說好了，我的生活是一個池塘，現在有個瘋子（老媽）出現，將哀傷的外來物種（瑞秋）弄進我的池塘。好啦，池塘的其他有機體（電影、作業）本來都吃某種特定的水藻（我花在電影和作業上的時間），現在這條得了癌症的魚卻吃光了這種特定的水藻。結果呢，池塘現在就處於天翻地覆的狀態。

（上面這個段落實在太蠢了，我根本提不起勁刪掉它。噢，對了，你若在這本書裡讀到什麼讓人覺得腦袋壞掉的段落，其實我又寫了四個，但不得不刪掉。這些我刪掉的東西大多跟食物和動物有關。我發現我大概很迷戀食物和動物，因爲它們是世界上最奇怪的兩種東西。你坐著好好想想吧。算了，還是不要去想，免得你焦慮發作。）

反正我現在的生活就是如此。我的課業的確受到影響，舉例來說，就連麥卡錫老師都得把我叫去一邊「聊聊」。

「葛雷。」

「嗨，麥卡錫老師。」

「給我一個事實。」

我正要趕著上下一堂課，麥卡錫老師居然在走廊上埋伏我。他直直站在我面前，用一個很奇怪的姿態迎接我。這個姿勢很像相撲選手的站姿，不過他沒有跺腳。

「呃，隨便一個事實都可以？」

「隨便一個都可以，但一定要是很有權威的事實。」

我基於很多原因睡眠不足，所以我根本擠不出什麼事實來。

「呃……生態系統的微小改變，會影響到整個系統。」

這個事實顯然沒有讓麥卡錫老師刮目相看，但他就這樣算了。「葛雷，耽誤你五分鐘，我會寫張字條讓你帶去給下堂課的老師。」

「聽起來不錯。」

「我們現在就要過去。」

「好。」

「你準備好了嗎？」

「好了。」

「好。」

我們走去他的辦公室。教師休息室的電線還沒鋪好，所以那鍋「神諭」，也就是可能加了大麻的湯就在他的桌上。一看到這鍋湯，我立刻開始焦慮，他是不是要質問我跟厄爾偷偷請示神諭的事情？麥卡錫老師接下來說的話，讓我更加焦慮。

他說：「葛雷，你知道我爲什麼找你來嗎？」

這個問題沒什麼好答案，再說，我抗壓能力不佳。這點應該不會讓你訝異吧。所以，我打算回答「不知道」，但我的喉嚨因爲恐懼而非常乾啞，我發出的應該是某種叫聲，我看起來應該也像是快吐了一樣。老實說，想像一個渾身布滿刺青的瘋狂彪形大漢（好比說麥卡錫老師），若他曉得我們知道他私底下幹些什麼違法勾當，他會有什麼反應。我坐在那裡，心想，我雖然很喜歡麥卡錫老師，卻也很怕他，我懷疑他可能真的有什麼精神障礙。

他打算用兩隻粗壯、脹紅的手臂攬住我的時候，我的懷疑更是加深了。

我實在太害怕了，不敢回擊，所以我差不多癱軟了。他靠上來，想要用身子悶死我。此時此刻，我腦袋裡閃過一百萬個想法，其中一個是：原來這就是癮君子殺人的方法。用擁抱悶死對方。癮君子有什麼毛病？毒品好遜。

過了尷尬的一陣子以後，我才發現他的確是想擁抱我。

「葛雷，伙計。」他開口，「我曉得現在這一切對你來說都很困難。瑞秋住院了，我們都知道。」

然後他放開我，我因為癱軟了，整個人往地上跌。麥卡錫老師跟一般的高中生不一樣，他不覺得別人跌倒很好笑，反而關心了起來。

「葛雷！」他大聲地說，「放鬆點，伙計。你要回家休息嗎？」

「不，不。」我說，「我沒事。」

我站起身子來。我們坐在椅子上。麥卡錫老師臉上浮現擔憂的神情。這點實在很不像他，我也因此分心了。就好像有隻狗能夠做出人類的表情，而你會暫時受驚一樣。你會說：「哇，這隻狗看起來好像很思鄉，又跟人一樣好像很溫暖。我從來都不曉得狗狗也能表現出這麼複雜的情緒。」

和麥卡錫老師在一起差不多就是這種感覺。

「我們都看到你受瑞秋影響很深。」麥卡錫老師說，「我們都聽說你花時間陪伴她。伙計，你眞是個好朋友。誰能有你這種好朋友，眞是他們的福氣啊。」

「我才沒有。」我說。麥卡錫老師似乎沒有聽我講話，這應該是件好事。

「我曉得現在學校對你來說並不是最重要的。」麥卡錫老師用很傷腦筋的神情看著我。「伙計，這點我懂。我讀書的時候也和你一樣，我很聰明，但沒有很認眞，我只是混個低空飛過而已。話說最近你連低空飛過都沒有……但，嘿。」

他靠過來。我努力想像麥卡錫老師還是學生的模樣。不知爲何，我腦袋裡的他是個忍者，會在三更半夜偷偷摸摸跑進學生餐廳，準備暗殺某人。

「嘿，你的課業表現的確受到影響，這是鐵錚錚的事實。我和其他的老師談過了。你在課堂上不是不專心，就是沒準備，不然就是忘記做作業。有幾堂課，伙計，你更是沉到水底去了。讓我告訴你另一個事實吧，瑞秋……並不希望你荒廢學業。」

「對啊。」我說。

說眞的，我眞的很氣。我有點氣麥卡錫老師，我跟他之間的師生關係原本絕對不會牽扯到有關認眞學習之類的話題，那種關係非常好。現在，關係顯然已經結束了。我又有點氣，因爲我曉得他說得沒錯。其他老師也有類似的看法，我可以不甩他們，但我沒辦法不把麥卡錫老師的話當一回事，因爲，雖然他是個瘋瘋癲癲的癮君子，但他也是全班森高中唯一一個講理的老師。

「伙計，已經快結束了。」麥卡錫老師說，「這是最後一年，然後你就畢業了。讓我告訴你，高中畢業之後，人生只會越來越好。你現在是在一個隧道裡，盡頭有光。你要想辦法走到光那裡去。高中是場噩夢，伙計，也許是你人生最恐怖的幾年。」

對於這段話，我實在不曉得該回什麼。光是跟他四目相視都讓我頭痛。

「所以你要想辦法畢業。你不能失敗。你現在有全世界最棒的藉口，但你不能用，好嗎？」

「好。」

「能幫你的，我一定幫你，因爲你是個好孩子。葛雷，你眞的是個他媽的好孩子。」

我從來沒有聽過麥卡錫老師講髒話，所以這段話聽起來讓人滿激動的。不過，我的謙虛反射神經還是不容小覷。

「我沒那麼好啦。」

「你徹底是頭野獸。」麥卡錫老師說，「好，差不多了，去上課吧。紙條給你。我們都覺得你是頭……超級凶猛的……野獸。」

紙條上寫著：「我必須和葛雷．賈恩斯談五分鐘。請容他稍微晚點過去。他是頭猛獸。麥卡錫老師，早上十一點十二分。」

此時此刻，在我家，葛瑞琴正經歷著無法好好吃頓飯的階段，因爲老爸也在餐桌上。一部分原因是老爸正在經歷他只要吃東西就假裝那是人肉的階段。如果我們吃了裡面加了雞肉的東西，他就會拍拍肚皮，大聲地說：「人……人肉，吃起來跟雞肉一樣。」這種行爲把葛瑞琴嚇哭了，還會讓她大步逃離飯廳。等到葛芮思也有樣學樣、開始吃人肉的時候，狀況就更荒唐了，因爲六歲女孩假裝吃人肉是天底下最酷的事情了。

這就是賈恩斯府上發生的事情，基本上跟我沒什麼關係，我只是想寫一下吃人肉的場景而已。

至於拍電影呢？不知道耶。我跟厄爾最後也沒拍成《娘漢兩個伴》。我們後來跑去看了大衛．林區的幾部電影，我們曉得他超級厲害，但不知道爲何，我們也沒想出自己要改拍的台詞。我們就坐在那裡盯著筆電的螢幕看，然後厄爾去外面抽菸，我跟著他出去。後來我們回到房間裡，繼續不發一語，看著螢幕。

你讀到這裡的時候，大概會覺得：「哇，葛雷眞的因爲瑞秋變得好悲傷喔，他的人生現在整個一團亂。眞是有點感人。」不過，說眞的，這個結論不太對，我又沒有坐在房間裡淚水直流，手裡還緊抓著瑞秋的某一顆枕頭，旁邊還有豎琴伴奏。我沒有去逛什麼帶著露水的大草原，哀傷地想著「原本可以擁有的幸福快樂」。也許你不記得了，但我眞的不愛瑞秋。如果她沒有罹癌，我會花時間在她身上嗎？當然不會。事實上，如果她忽然病好了，我們之後還會是朋友嗎？我實在說不準。這些假設聽起來太可怕了，但我實在沒必要說謊。

我其實並不哀傷，我只是累壞了。不在醫院的時候，我覺得內疚，因爲我沒有在醫院想辦法逗瑞秋開心；在醫院的時候，我通常覺得自己沒效率、沒用，不是個好朋友。不管怎麼說，我的生命已經是一團糟了。不過，我也不想跟個白痴一樣自怨自艾，因爲，生命走到盡頭的人又不是我。

至少有時厄爾還會逗我開心。

外景：賈恩斯家的後院平台

時間：傍晚

厄爾：（突然開口）所以一個人可以是異性戀或同性戀，我想我大概懂，好比說你是一個困在男人身體裡的女人之類的狗屁。但我最近一直在想，怎會有人說自己是雙性戀。

葛雷：呃……

厄爾：老兄，這不就是說那個屁股緊實的妞兒現在害我硬了，那邊那個老弟也害我硬了。這樣他媽的合理嗎？

葛雷：我想我有時也懷疑這點。

厄爾：見鬼了，如果你是認眞的，好比說「眞的，我是雙性戀，什麼人都能讓我硬」。天啊，那你根本就是一直硬著，沒有軟過啊。

葛雷：我覺得，呃……我是說，有些科學家覺得每個人都有一點同性戀和異性戀的傾向。

厄爾：屁啦，根本一點道理也沒有。你現在跟我說，你可以看著奶子，硬了。看著某位老兄的雞雞，你也硬了。你是認眞要跟我說這個嗎？

葛雷：我想我沒辦法這樣說，不行。

厄爾：（認眞地）小狗拉屎，硬了。溫蒂的雙層起司漢堡，硬了。電腦病毒毀了你所有的資料，硬了。

葛雷：《華爾街日報》的商業版。

厄爾：硬得跟石頭一樣。（思考的靜默）喲，我想到一個開場白可以給你用。你想跟那個巨乳的妞兒上床對吧？
葛雷：對，快給我開場白。
厄爾：你走過去，對她說，妞兒，妳大概不曉得，但我是個三性戀。
葛雷：（不太篤定地）好。
厄爾：女生會說，什麼鬼？
葛雷：對啊。
厄爾：你就說，對啊，三性戀。
葛雷：好。
厄爾：她會說，什麼！你懂嗎？
葛雷：我懂。
厄爾：對，她會搞不懂。然後你就投下炸彈，你就說：妞兒，三性戀就是數到三秒後推倒妳的人。
葛雷：喔！
厄爾：一、二、三、上！
葛雷：我肯定用得上。
厄爾：帥啦！

27 妳、我、爆炸的火雞湊成仨

「我是導演。」我說。我真的開始無法聚焦。我感受到遠方即將隆隆到來的巨大崩潰感。

好了，現在我們就要講到讓我的人生開始直直朝著懸崖衝下去的部分了。這部分不能怪老媽，都要怪麥迪遜！眞是亂七八糟，她們兩人在我生命裡扮演的角色實在可以說是相去不遠。我不願仔細回想這件事，免得我這輩子再也硬不起來。

那是十一月初的事情，我當時正在走廊，他們在走廊上釘了一堆高一生畫的清教徒和火雞的恐怖圖片，就在這裡，麥迪遜不曉得從哪冒出來，抓住我的手臂。我們的皮膚眞的碰觸在一起，特別是手和手臂。

我忽然間覺得非常恐怖，我想打嗝。

「葛雷。」她說，「我想請你幫個忙。」

重點不在於我胃裡有東西正要翻攪上湧，而是我預見自己吐在麥迪遜身上。畫面栩栩如生，也許眞的有點嘔吐物湧上來了。

「我發誓我眞的沒有看過你的電影。」她急躁地說，「但顯然瑞秋看過了，她很喜歡你的電影。我忽然有個想法，你該替她拍部電影。」

我不太確定這話是什麼意思。爲了讓食道裡的末日噴發稍微和緩一下，我必須分心看著火雞的圖片。這隻火雞畫得不是很好，不知爲什麼，牠看起來很像是身上有血噴出去一樣，那個大概是牠身上的羽毛，或太陽光芒之類的東西？

「嗯。」我說。

麥迪遜因爲我興趣缺缺的表現，口氣也困惑了起來。

「我是說……」她停頓了一會兒，又說，「你不覺得她會喜歡嗎？」

「呃……嗯……」

「葛雷，你在看哪裡？」

「呃，抱歉，我分心了。」

「爲什麼？」

我實在想不出該說什麼，我好像遭人下藥了一樣。事實上，這個畫面讓我想起我跟厄爾偷喝麥卡錫老師的河粉湯時，腦袋裡莫名奇妙出現的那隻獾。所以我說：「呃，不知爲何，一隻獾的影像出現在我腦海裡。」

不消說，這句話脫口而出的時候，我的確想嚴重自殘一下。

「獾？」麥迪遜說，「是動物的那個獾嗎？」

「對，妳知道的。」我無力地說，接著又開口，「就是那種妳有時會想到的獾頭圖片。」

我想吞掉一把電鑽。麥迪遜居然神奇地無視這句話，繼續說她要說的事情。

「所以我覺得你該幫瑞秋拍部電影。她很愛你的電影，一直看個不停。你的電影讓她好開心。」

好像獾還不夠看似的，我忽然又說了第二句蠢話。事實上，大家最不喜歡的單元要上場了，那就是「葛雷．賈恩斯的超級謙虛時間」！

「她才不會因爲那些電影開心。」

「葛雷，閉嘴。我曉得你只要被稱讚就會有這種反應，請你就這麼一次接受讚美，因爲這是眞的。」

麥迪遜的確觀察且記得我的人格特質。這點實在太驚人了，害我說了一聲「得」，這個字徹底貫徹了我一連串愚蠢的發言，這些話讓我跟麥迪遜上床的可能性徹底歸零。

「你剛剛說的是『得』嗎？」

「對，得。」

「嗯。」

「得，就是我同意的意思。」

麥迪遜，這個狡猾的姑娘，還故意誤解最後一句話。

「所以你同意了！你會為瑞秋拍電影！」

對此，除了答應，我還能說什麼？

「呃，對。好！我覺得這主意不錯。」

「葛雷。」她露出可愛的笑容。「這部電影一定會很棒。」

「也許吧。」

「我知道你會拍出很棒的東西來。」

我在這裡陷入超級兩難。一邊是全校最辣的女生正告訴我，我有多棒，我能拍出多棒的電影來。感覺真的不錯，我還得用奇怪的站姿稍微掩飾一下自己微微的勃起。另一邊則是理智，我答應了一件事，這件事我再懷疑不過。事實上，我甚至不曉得自己到底答應要做什麼事情。

所以我說：「呃……」

麥迪遜要我繼續說，問題在於，我不確定該說什麼。

「是有件事啦。」我說。

「嗯？」

「什麼？呃，嗯哼……」

「什麼啦？」

「只是，呃……」

問這個問題好像必須得讓自己看起來跟白痴一樣。

「妳覺得……」我小心翼翼地說，「這部電影會是什麼樣子？」

麥迪遜一臉茫然。

「你要專門爲她拍一部電影。」她說，「特別替她拍的。」

「對，但，呃……」

「如果你是瑞秋，你想看到什麼？」

「但該怎麼拍呢？呃，妳有什麼想法？」

「我不知道！」麥迪遜雀躍地說。

「好。」

「葛雷，你是導演。這是你的電影！」

「我是導演。」我說。我眞的開始無法聚焦。我感受到遠方即將隆隆到來的巨大崩潰感。

「我得走了。我很高興你答應了！」她高聲地說。

「好！」我無力地說。

「你最棒了。」她說完伸手抱我，接著，她就跑了。

等她走遠之後，我嘔了一聲。

爆炸的火雞臉上的表情好像在說：「眞要命！我又要爆炸了嗎？」

28 電影《瑞秋》的腦力激盪

我們坐在廚房裡，腦力激盪，擠出幾個想法。全部都很蠢。

該如何進行這項任務，厄爾居然比我更沒有頭緒。不過，至少對此他能精準地表達出來。

在我向他解釋這個計畫的時候，他不斷嘀咕：「媽的，見鬼了。」

「聽著。」他最後說，「你答應要為某人拍一部電影。這什麼意思？」

「呃，我想應該是……意思就是……嗯……」

「對，你啥屁概念也沒有。」

「我覺得我好像有。」

「好啊，孩子，說出來。」

我們在我家廚房，他正忙著找東西吃，這樣讓他就算心情不是最好，但也不至於太差。

「我是說，如果我們是畫家，我們就畫個東西出來，當禮物送她。對吧？所以我們就弄個電影的版本就對了。」

「賈恩斯老爸把莎莎醬藏在哪裡？」

「我們好像用完了。聽著，我們可以拍一部獨立影片，然後把唯一一個檔案給她？這樣可以，對吧？」

「孩子，這樣根本……噢，有沒有搞錯？」

「怎麼了？」

「這是什麼鬼玩意兒？」

「這是……讓我看一下。」

「聞起來像驢子的毛雞雞。」

「噢，這是鵝肝醬。」

「沒有莎莎醬，我就吃這鬼玩意兒。」

我前面提過，厄爾對於維克．昆西．賈恩斯博士買回來且冰在冰箱裡、有時看起來很噁心的動物食品相當有興趣。我說的是「買回來且冰在冰箱裡」，因爲老爸從不立刻吃掉這些東西，他喜歡讓它們待在冰箱裡一陣子，這樣其他家庭成員才有機會看到這些怪東西。這習慣讓葛瑞琴最爲痛恨。不過，葛瑞琴的極端憎恨跟厄爾的算是極端喜愛，兩者的程度差不多達到了某種平衡；而厄爾表現喜愛的方式就是一邊吃一邊說這些東西有多噁心。

「孩子。我們還是不曉得這部電影的內容是什麼。」

「對，這是困難的部分。」

「對啊。」

「嗯。」

「好比說，我們可以重拍本來要拍的大衛．林區電影，拍好送給瑞秋，就說這是她的電影。不過，我想我們應該不會這麼做。」

「不會嗎？」

「見鬼了，當然不行。那樣很怪。我們會說，『喲，瑞秋，妳來看看這部瘋瘋癲癲的女同志電影，她們一直跑來跑去，一直發瘋起幻覺之類的。這是我們特別替妳拍的喔。』」

「嗯。」

「好像一開始上面寫著『給瑞秋』。好像我們會說：『瑞秋，妳喜歡大衛．林區，妳喜歡瘋瘋癲癲的女同志亂七八糟什麼的，這部電影就是這些內容。』不成，這樣不對。哎，這是什麼東西？」

「不，不，別吃這個。那是魷魚絲，是老爸的最愛。他喜歡在家裡亂走亂逛，魷魚絲還會從他嘴角冒出來。」

「我就吃一點。」

「你只能吃一小口，只能這樣。」

「嗯。」

「如何？」

「老兄，這東西吃起來感覺很蠢。味道就像……海底下的……尿壺。」

「嗯。」

「吃起來像海豚跟什麼鬼東西。」

「所以你不喜歡。」

「我沒這麼說。」

「噢。」

「沒錯，大概有七成五的海豚陰囊，剩下兩成五是化學物質。」

「所以你喜歡囉？」

「這是什麼蠢屁股的食物！」

我不得不同意厄爾的看法，我們不能隨隨便便拍部電影交差。這部電影至少要與瑞秋的生活有所關聯，不過該是什麼關聯？我們坐在廚房裡，腦力激盪，擠出幾個想法。全部都很蠢。

「你吃夠了沒？」眞的很蠢，你馬上就會親身體驗到底有多蠢了。我是說，我的天啊。

「什麼啦？」

「你不能吃光，老爸也要吃。」

「見鬼了，他當然會想吃。」

「他會吃。」

「太噁心，孩子，眞的太噁心了。」

「那你幹麼吃光啦？」

「我是犧牲小我、完成大我，日行一善消滅它好不好？」

29 電影《瑞秋》：早日康復版本

A計畫：蒐集學校、猶太教堂裡每個人的祝福，將它們剪輯在電影裡，結束。

傑瑞·奎其維基，又名「古柯頭」，他在走廊上朝我走來，還叫我「史匹柏」，這時候我就知道我們的第一個計畫完全是個錯誤。

「史匹柏，泥怎摸樣啊？」他拉開嗓門講話，露出令人厭惡的笑容。

「怎樣？」我說。

「聽說泥在拍顛影啊。」

「噢，對。」

「我都不資道泥會拍顛影。」

「只拍這部。」我大概回答得太快了。

「從雞以後，我都要叫泥史匹柏。」

「太好了。」

這只是第一個人而已，其他人注意力的密集轟炸持續一整天。

物理學一，格林老師：「我覺得你們的行爲眞的很感人，很了不起，眞的非常感人。」

琪雅·阿諾：「我表哥死於白血症。我只是想說，我很遺憾你的女朋友得了白血症。你們交往多久了？」

威爾·考奧德：「嘿，死玻璃！我也要加入你的男男同志片！」

A計畫：蒐集學校、猶太教堂裡每個人的祝福，將它們剪輯在電影裡，這樣就成了。基本上就是早日康復電影，簡單、優雅、溫暖人心。聽起來是個好主意，對吧？當然啦，這個構想徹底擄掠了我們的心。我們就是兩個智障。

問題一：我們必須自己拍攝，意謂著我們必須在充滿敵意的世界裡暴露自己是電影人的身分。我問麥迪遜可不可以幫忙拍，也就是說由她拿著攝影機進教室，而不是我或厄爾來幹這種事。這樣的要求害我必須解釋，我並不想讓其他人知道我替瑞秋拍電影，這話讓麥迪遜很難過。我只好又說，我不希望其他人知道我跟瑞秋之間的感情，這話讓麥迪遜又以另一種方式難過起來，說眞的，我眞的不懂。總之，她強調我一定要自己拍，然後她大概說了七十次「噢，葛雷」，後來我就崩潰地跑走了。

所以，我們計畫下課後在麥卡錫老師的辦公室拍攝，並心不甘、情不願地告訴了兩名老師，結果全校老師以令人困擾的速度得知這件事，還告訴他們的學生，大概有一個禮拜的時間，每天早上的廣播都會提到這件事。

所以呢，對啦，我在高中時期一直想營造的隱身術大概就此破功。基本上，在跟瑞秋做朋友以後，我的隱身術就慢慢退步了。我本來是「平凡的葛雷．賈恩斯」，後來我成了「瑞秋的朋友，大概是男朋友的葛雷．賈恩斯」。

這樣的身分已經夠慘了，但現在我成了「電影人葛雷．賈恩斯」。「拿著攝影機到處追著人跑的葛雷．賈恩斯」、「現在可能在你不知情或不同意的狀況下偷偷拍攝你的葛雷．賈恩斯」。

眞是到地獄裡見鬼去了。

問題二：影片並沒有拍得很好。首先，老師都太長舌，剪都剪不掉。許多人講一講就開始提到自己生命裡的慘劇，遇到這種狀況，除了影像不能用之外，錄完之後整個氣氛也變得異常尷尬。

其他學生呢？百分之九十二的人說來說去都是這些事情：

- 「快點好起來。」
- 「我必須說，我跟妳並不是很熟。」
- 「我知道我們很少一起玩。」
- 「我們同班，但我們很少講話。」
- 「我其實一點都不了解妳。」
- 「但我知道妳內心有一股想要好起來的力量。」
- 「妳的笑容很美。」
- 「妳笑起來很漂亮。」
- 「妳的眼睛很美麗。」
- 「妳的頭髮很好看。」
- 「我知道妳是猶太人，但我還是想說點聖經裡的東西。」

剩下百分之八的人試圖搞笑、搞創意，結果只是更糟。

•「在最後一堂課的時候，我寫了一首歌，想唱給妳聽。準備好了嗎？我要唱囉？好。瑞秋．庫許納／你不許推她／她有白血病／大概想要尖叫一下／她是大家的好朋友／你知道她不會這麼快走！」

•「就算妳死了，我今天想了一下，用人類武斷的衡量方式來看，人生可以說是短暫的，也可以是漫長……之類的。從永恆的時間看來，人類的生命有如蜉蝣，無論一個人活到十七歲、九十四歲，甚至是不可能活到的兩萬歲，都是一樣短暫。另一方面，從超奈米瞬間來看，這是時間最小的衡量單位，就算一個人在嬰孩時期死去，看起來卻像永恆一樣那麼久。所以，不管妳活到幾歲，其實都沒差。所以，我不曉得這段話是否能夠讓妳感覺好一點，但這的確是可以思考的問題。」

•「葛雷是個死玻璃。我想他愛上妳了，所以他應該是雙性戀什麼之類的。我希望妳快點好起來。」

問題三：麥迪遜已經請大家替瑞秋寫過早日康復的卡片了。所以，首先，我們做的事情並不是原創的主意。我們只是拍出電影版的早日康復卡。

再來，我們花了比較長的時間理解，賈恩斯與傑克森拍攝的早日康復電影並沒有獨特之處。這種電影誰都拍得出來，我們真的拍得很好嗎？當然沒有。

我們已經拍了七年的電影。我們必須拍點更好的東西出來。

30 電影《瑞秋》：紀錄片版本

B計畫：展示出很多張照片、其他人拍攝的老舊資料畫面，還會有旁白跟訪問之類的。要模仿這種風格其實很簡單，不幸的是，我們只有一個人能夠訪問，就是丹妮斯。

肯．伯恩斯拍了很多不同內容的紀錄片，好比說美國內戰。內戰開打的時候，他不在場，就跟我們沒有從一開始就參與瑞秋的生命一樣。我是說，我們在場，但實在沒有花多少心思在上頭。這話聽起來實在很爛，但你懂我的意思，或者，也許眞的就是這麼爛。我不知道啦。

聽著，我們並不是打從她出生就拿著攝影機拍她，好拍出適合放入紀錄片的畫面，好嗎？你不能因爲這樣就對我生氣啊。

總之，肯．伯恩斯的風格就是展示出很多張照片、其他人拍攝的老舊資料畫面，還會有旁白跟訪問之類的。要模仿這種風格其實很簡單，所以，早日康復版本失敗之後，這就是我們的B計畫。不幸的是，我們只有一個人能夠訪問，就是丹妮斯。丹妮斯的狀況非常不好。她的獨生女得了癌症，而瑞秋的父親……我大概先前忘了提，他沒有跟家人住在一起。

訪問這個女人基本上就是一場噩夢。

內景：庫許納家的客廳

時間：白天

葛雷：（從鏡頭外）丹妮斯，妳可以告訴我們瑞秋誕生時的狀況嗎？

丹妮斯：（精神渙散地）噢，瑞秋誕生的時候。

葛雷：（從鏡頭外）對。

丹妮斯：瑞秋的誕生，眞是折磨啊！（莫名其妙提高音量）她並不是個鬥士。她就是個文靜的孩子，乖巧，不喜歡爭鬥，現在我不曉得該怎麼辦。葛雷，我不能逼她對抗病魔。
葛雷：（從鏡頭外）呃，對。
丹妮斯：我養大了一個很乖巧的女孩，很……可愛，但不堅強。
葛雷：（從鏡頭外）那麼，她小時候是個怎麼樣的孩子？她有什麼最喜歡的玩具嗎？
丹妮斯：（精神渙散地）她小時候喜歡……讀書。（令人不舒服的停頓）葛雷，我是個好母親，但我不知道該如何讓她撐下去。好像……好像……上帝寬恕我，但她好像已經不想活了。
葛雷：（從鏡頭外）所以，她小時候……喜歡讀書。
丹妮斯：（堅定，有點生硬地）我是一個好母親，對她來說，我一直是個好母親。

我們本來要透過電話訪問瑞秋的外公、外婆，不過這個決定卻讓人更沮喪，更失敗。

「喂？」

「嗨，盧伯夫先生，我是瑞秋的朋友葛雷。」

「誰？」

「您孫女瑞秋的朋友。」

「誰的朋友？」

「您的孫女，瑞秋！」

「等等。」（簡寧斯！找妳的。我說是找妳的。電話！不對，我不曉得是誰打來的。電話，簡寧斯。）

「……」

「哪位啊？」

「嗨，我叫做葛雷。我是您孫女瑞秋的朋友。」

「瑞秋……瑞秋跟她媽媽住在一起。」

「我知道。我在拍一部關於瑞秋的紀錄片。」

「你在拍……噢。」

「不曉得我能不能請教您幾個問題。」

「什麼？」

「我可以請教您幾個關於瑞秋的問題嗎？」

「去問她媽丹妮斯吧。」

「我是爲了拍電影，要讓瑞秋開心。」

「好，我不曉得你是誰，我不知道該如何幫助你，如果你要找瑞秋，她跟她媽丹妮斯住在一起。」

「呃，好，謝謝。」

我掛斷電話，因爲瑞秋的外婆聽起來好像快哭了。不過，有時外婆講話就是這樣。訪問的結果無論如何都讓人無法忍受。

我們也實在沒有太多影像可以用。丹妮斯讓我們看他們全家去度假的畫面，但我們實在很猶豫該不該用。

外景：加拿大愛德華王子島海邊

時間：白天

天空灰濛濛的，沙灘濕濕的，好像剛剛才下過雨。看起來可能又要下雨了。瑞秋沉重地坐在一條浴巾上，什麼事也沒做，面向大海。

丹妮斯：（從鏡頭外）嗨，寶貝！

瑞秋轉頭看著鏡頭，沒有說話，面無表情。

丹妮斯：（從鏡頭外）我們在美麗的愛德華王子島，那是小瑞秋，這是比爾。鏡頭搖晃轉向沙灘傘旁邊的比爾。他坐在一張折疊式的沙灘椅上，旁邊附帶兩個啤酒架，架上有兩瓶啤酒。

比爾：（講話聲音過大）我們玩得很——開——心。

丹妮斯：（在鏡頭外，裝出雀躍的聲音）比爾因爲天氣，有點不高興！

比爾：丹妮斯，妳可以關掉那玩意兒嗎？

丹妮斯：（從鏡頭外）你可不可以稍微享受一下。

比爾：我看起來像在幹麼？

這麼說好了：如果我是瑞秋，躺在病床上，心情已經很差了，而這一幕肯定不會列入「我想在電影裡看到的畫面」的名單中。

事實上，我們用肯．伯恩斯手法拼湊出來的素材都不適合讓瑞秋看。簡單來說，我們企圖拼湊出一個女孩的傳記，她並沒有活很久，對生命也已經不感興趣了。我知道這麼說很過分，但這是眞的。這些素材讓人提不起勁來看，只會讓人覺得痛苦而已。

整體來說，瑞秋生命紀錄片這個構想實在太糟糕了，因爲我們沒辦法跳脫出來，看清這點。但基本上，紀錄片要傳達的就是：「現在妳的生命走到了盡頭，我們可以摘要一下。這部電影就是妳生命的摘要。」天底下還有什麼更恐怖的話可以說嗎？

所以，我們需要新方法，必須是更好的方法。不然，我們很可能就得自我了斷了。

同時，瑞秋的狀況變得更差了，我是說，基本上跟之前差不了多少。

內景：醫院病房

時間：傍晚

葛雷：我今天想到，草莓是我最喜歡的糖果口味，但我實在沒有很喜歡草莓。我後來就發現，草莓口味的糖果吃起來一點也不像草莓啊。所以那到底是什麼口味？那一定是什麼東西的味道，對吧？難道天底下有什麼神祕美味的水果，而我完全沒聽說過？妳知道，我想吃吃看那種水果。我想一口氣全部吃光光。後來，我又想到，也許那是動物的味道？也許，妳吃的是……不知道耶，海象？也許海象就是那個好味道，但製作七彩糖果條的人不敢說那是海象口味的七彩糖果條。

瑞秋：（無力地）對啊。

葛雷：喲，那是新枕頭嗎？我想那是位枕頭姑娘。嘿……（壓低聲音）妳介意介紹我們認識嗎？因爲她長得不錯。如果妳覺得尷尬，那就算了。

瑞秋：（可能是想笑）哼哼嗯嗯嗯。

葛雷：（驚恐地）見鬼了，我忘了。現在幾點？已經五點多了？我必須來跳鴿子舞了。抱歉，這是我現在的養生運動。（裝出鬥雞眼、腦袋上下點，還趾高氣昂地亂走）我是鴿子人，我是鴿子人，走起路來像鴿子。我是鴿子人，在天上拉屎，滴到別人身上。他是百分之百的鴿子人。

瑞秋：葛雷，你眞的不需要……試著逗我笑。

葛雷：什麼？

瑞秋：你眞的不用……表演什麼。

葛雷：（心情差得跟大便一樣）好啦。

31 電影《瑞秋》：襪子玩偶版本

C計畫：襪子玩偶主演的癌症主題電影。從一開始，這部電影就注定完蛋了。

C計畫是襪子玩偶。

首先讓我解釋一下，襪子玩偶能夠表現的情感和表情遠超過一般人的刻板印象。手能夠以各種方式穿上襪子，還能看起來像張臉。再者，如果你在眼睛上頭畫上眉毛，看起來真的就很人模人樣了。你必須搞清楚嘴巴該怎麼呈現，一旦你懂了，奇蹟就會出現。

說了這麼多，C計畫就是襪子玩偶主演的癌症主題電影。所以，從一開始，這部電影就注定完蛋了。

我們決定好要用襪子玩偶，最主要的問題就浮現了。如果瑞秋是主角，她會怎麼做？她會修理誰？她會不會踢飛白血症的臭屁股？

內景：厚紙板的著色亮彩風景

時間：白天

瑞秋：啦嘀噠嘀噠。

白先生：（身穿斗篷，蓄了鬍子，操南部口音）妳好啊！

瑞秋：（狐疑地）咦，你是誰？

白先生：呃……敝姓白。

瑞秋：名字呢？

白先生：白嗯哼。

瑞秋：聽不清楚。

白先生：白血病。

瑞秋：揍人的時候到了。

拍這種東西會讓我們比賈斯汀．豪爾厲害嗎？這個搞劇場的傢伙寫了一首歌，說白血病讓瑞秋想尖叫。我們實在不確定誰比較高明。

內景：厚紙板的著色亮彩風景

時間：白天

白血病：（對著鏡頭說）大家聽好，這裡是社區廣播。我是白血病，我喜歡找小孩跟青少年的麻煩，因爲我可悲到不行。我討厭以下事物：

- 美食，好比說比薩。
- 超療癒可愛的貓熊抱抱。
- 如果你把奧運規格的游泳池裝滿微笑塑膠球，在裡面歡笑嬉戲，那我也討厭這個東西。
- 不是很多人曉得這點，但我最喜歡的莫過於粗製濫造的汽車廣告，背景音樂還是來路不明的吉他音樂。

瑞秋，咬著一根球棒，在白先生高聲歡唱瑞士高山曲調的時候，用球棒砸他。

真的很幼稚、很簡單好嗎？這部電影跟什麼屁都扯不上關係，看起來很像是給小娃娃看的電視節目。更糟的是，這部電影是個愚蠢的謊言：瑞秋根本沒有和白血病奮戰，她已經沒有興趣對抗病魔了，看來她已經放棄了生存的希望。

32 電影《瑞秋》：黏土定格版本

D計畫：黏土定格版本，過程非常痛苦耗時。好處是，樂高黑武士可以出場。

D計畫是定格拍攝的動畫。定格動畫一次只能拍一個畫格，接著稍微移動人物，或者攝影機略微改變位置，再拍下一格畫面，然後再移動。差不多就是這樣。過程非常痛苦耗時。好處是，樂高黑武士可以出場。

我們希望讓瑞秋看到一群邪惡的角色講述他們有多愛白血病，激起她的怒火，希望她能因此產生戰鬥的欲望。因此，這部電影也拍得很可怕。

內景：樂高死星

時間：永遠都是晚上，因爲在太空

電梯音樂。樂高帝國風暴兵在背景亂走。

黑武士：（對著自己唱著）啦啦啦，老子是個狠角色。嘟嘀嘟。大—混—蛋。（看著鏡頭）噢，哈囉！我沒注意到你。我叫做黑武士，我是支持白血病反派協會的主席，又名邪惡壞東西。

左下方出現字幕：

邪惡壞東西

支持

白血病

反派協會

黑武士：我們覺得白血病最棒了，你可以不相信我，但你來聽聽討人厭的海盜怎麼說！

外景：樂高海盜船

時間：白天

海盜王：啊！每天都是嶄新的一天，右舷穿過深海閻王本人那長滿蛆的觸手鬍鬚！在天海之間出現的是雙眼罩比爾，他沒有發現可怕的克拉肯海怪的巨大觸手！船身中央的大砲向後轉，把甲板給我刷乾淨。你們這些爹不疼、娘不愛，專門躲在船底污水裡的臭鼠玀!!!

內景：死星

時間：晚上

黑武士：呃……當然了。

內景：葛雷的書桌

時間：白天

眼鏡蛇大帝塑膠小公仔：（操著蛇的口音）我是邪惡眼鏡蛇帝國的眼鏡蛇大帝，眼鏡蛇大王。全天下我最喜歡的就是白血病了！因爲我這麼愛白血病，我要去跟我的妹妹女伯爵親熱了！你看得出來她是個壞人，因爲她的名字叫做「安娜史黛希雅．眼鏡蛇屬」。

女伯爵：我要和我那噁心的壞傢伙哥哥親熱，因爲我也噁心死了！

眼鏡蛇大帝：再說一次，我們怎麼接吻？
女伯爵：我討厭的嘴巴是不會張開的。
眼鏡蛇大帝：我的也不會。
女伯爵：那我們現在該怎麼親吻？

內景：死星

時間：晚上

黑武士：我們都愛死了白血病！還是不相信我們嗎？你為什麼不問問旋轉狼蛛紙鎮呢？

內景：葛雷的書桌

時間：白天

　狼蛛紙鎮是一隻死掉的狼蛛，嵌在一塊玻璃裡。定格拍攝的魔法能夠捕捉到它轉圈的畫面。

旋轉狼蛛紙鎮：（不知為何講起話來帶有德國腔）天底下只有白血病讓我開心。

老天爺啊！

D計畫就是這樣。也許拍起來會不錯，我不知道，我很懷疑。我只知道，這個版本花了見鬼長的時間拍攝，在感恩節前幾天，瑞秋和丹妮斯覺得她們受夠化療、受夠住院、受夠療程，所以她們決定讓事情自然發展。

這個時候，我眞的不曉得該怎麼辦。

33 老天爺，我到底還能怎麼辦

當某人停止癌症治療，而你點出這個人決定放棄活下去的時候，大家都會對你發飆。舉例來說，老媽就是。

瑞秋搬回她的房間。狀況顯然不一樣了。事實上，頭幾天她心情還滿好的。她回去的第一天是個星期五，那時已經是十一月底了，但還不會很冷。

「他們後來就沒有替我注射化學藥劑了。」她解釋道。

「所以，結束了？」

「他們覺得治療對我已經沒有用了。」

我們不發一語，思索著這句可怕的話。不知什麼原因，我說：「顯然對頭髮村來說是件好事。」我是想讓狀況沒那麼難受，當然，這話造成的唯一效果就是讓狀況變得更糟。不過，瑞秋居然笑了。她現在的笑聲跟以前不太一樣，好像她必須用嘴巴裡其他的部位來笑，因爲以前的笑法會讓她痛苦。我居然沒有考慮到這種狀況。

沒多久，我開始講一堆廢話，我並沒有打算認眞逗她笑，感覺現在跟她在醫院的時候很像，她的心情很低落。我們在她那貼滿暗色海報和擺滿枕頭的房間懶散地躺平，然後我滔滔不絕講起自己的生活，她靜靜地聽，全部聽進腦袋裡，好像我們又回到以前的模式。我大概可以忘記她已經決定不要繼續活下去了。

對了，當某人停止癌症治療，而你點出這個人決定放棄活下去的時候，大家都會對你發飆。舉例來說，老媽就是。我實在不想解釋。

但，好啦。

「葛瑞琴就跟瘋子一樣。」

「噢，所以呢？」

「噢，天啊。這個年紀的女生眞是不可理喻。動不動就鬼吼鬼叫，到處踱步什麼的。有些時候根本一點道理也沒有。妳四歲的時候會像她一樣嗎？」

「我有時會跟我媽吵架。」

「葛瑞琴在氣貓貓史蒂文斯。她本來摸牠摸得好好的，結果貓貓忽然發瘋，咬了她一口，牠這輩子都是這樣陰晴不定的，忽然間葛瑞琴就發作了，『噢，我的天啊，我他媽的恨死這隻蠢貓！』她說貓貓看起來跟院子裡的肥蛞蝓一樣。顯然事實的確如此，但這應該可以說是貓貓史蒂文斯的優點吧。」

「牠看起來像肥蛞蝓是牠的優點？」

「對啊，牠有像是蛞蝓顏色的醜條紋。牠就像是蛞蝓界的咬人冠軍。」

我想，我還是沒有辦法徹底忘記她決定不要繼續活下去。因爲我們在講話的同時，我的腦袋裡一直想到這件事，而這件事也一直壓迫著我，瑞秋的生命就要走到盡頭了。好吧，也許這件事並沒有壓迫著我，只是重重地壓在我身上，讓我稍微有點喘不過氣來。

最後，瑞秋說：「你最新的電影拍得怎麼樣？」

「噢，最新的電影！對啊，還不錯。」

「我很期待看到這部電影。」

她講話的樣子讓我徹底明白她曉得了。我是說，白痴才以爲她不知道。

「對啊，呃，嘿，妳大概曉得，這是給妳的電影。好像……好像有點關於妳，還有……呃……對啦。」

「我知道。」

我想要裝出一副冷靜帥氣的模樣。

「噢，所以妳已經知道了？」

「對，有人告訴我了。」

「噢，好比說誰呢？」我講這話的時候嗓門變得很大，音調拉得很高。這一刻，我聽起來基本上有點像丹妮斯・庫許納。

「不知道耶，麥迪遜跟我說過，媽也多少提了一點，安娜、娜歐米、厄爾，是有幾個人跟我講過。」

「噢。」我說，「呃，這話提醒了我，我得跟厄爾討論一下事情。」

「好。」她說。

34 鬥陣俱樂部，不過有點弱

這個月第二次，我痛苦臥倒在傑克森家的前院，一個個子矮小又好鬥的小鬼站在我面前。

我和厄爾從來沒有打過架。主要是因爲我很膽小，還有另一部分原因就是我們的角色畫分很清楚，合作關係很融洽。重點在於，我從來沒有眞的生過他的氣，何況我也害怕衝突的場面。特別是和厄爾起衝突，因爲他會用迴旋踢踹人家的頭，他就是踢得到。

但我很憤怒他居然告訴瑞秋電影的事，所以我跑去他家對他大小聲。

就算只是寫到這個畫面，我的腋下都覺得有嚴重的刺痛感。

走往他家的路上，我一路喃喃自語。精確來說，我是在演練等下要對他講的話。

「厄爾。」我對自己咕噥著說，「信任是每一段良好合作關係的基礎，可是我再也無法信任你了。你居然告訴瑞秋電影的事情，這部電影應該是個驚喜，你背叛了我對你的信任。」

我走上厄爾他家所在的霍姆伍德街道，這裡不算什麼模範社區，我嘴裡繼續念念有詞，發出不怎麼好聽的聲音。對一個體重超重的人來說，走這麼快實在有失優雅，大概還流了快一公升的汗。

「我不曉得我們還能不能繼續合作。如果你想跟我合作，你就得贏回我的信任。我眞不曉得你該怎麼做才能彌補你的過錯。」

我走到他家附近，已經看得到他家那棟搖搖欲墜的怪房子。這時我忽然心跳加速，話說回來，我的心跳本來就已經跳得很快了。

「你必須說服我，讓我能夠相信你。」我又說了另一句瘋話。

我走到先前摔斷手的地方，站在那裡，沒有繼續喃喃自語。我忽然害怕直接按門鈴，所以，我傳訊息給他：

嘿，我在你家門口。

不過，在厄爾出來之前，晃上庭院平台的人是麥斯威爾。

「你要幹啥？」他說，口氣滿平常的，不帶威脅。

「我等厄爾出來。」我用我那新發展出來的中年猶太女子大嗓門聲音講話。

厄爾出現在門口，說：「怎麼了？」

「嘿。」我說。

我們陷入沉默。

「要進屋來嗎？」

「不，在這裡就好。」我聽到自己回話。我居然拒絕了走進他家裡。這點讓我們非常清楚，我們就要開始吵架了。

「喲呵。」麥斯威爾相當幸災樂禍。

厄爾的心情從不爽直接跳到超級不爽，而且不只是預設模式。

「你他媽有什麼問題？」他生氣地說。

「呃，我要跟你談談瑞秋的事，她說你告訴她，呃……電影的事。」

對於這話，厄爾的回答就只有「對啊」，也許他只是假裝這一切沒什麼大不了的。也許他只是太氣了，沒意識到自己講了什麼。

「就只是……」我開始胡言亂語，「你知道，我是說，你先告訴了瑞秋電影的事情，然後你又借她電影看，沒有先問過我。這就好像……好像，你什麼事都告訴她，卻不在乎我的感受。我不是說她不該……不該知道這些，或是不該看。我只是說，我希望你能先問過我，我希望……」

「你知道嗎？你他媽的快閉嘴。因為我他媽的已經快受不了這些廢話了。」

我飛快思考要不要替厄爾上一堂信任課，但立刻做出決定。不管怎麼樣，長篇大論對他來說是行不通的，也許還會搞出世界末日。再說，我現在已經快擠不出話來了。我反而愣在那裡，實在不曉得該怎麼好好說話，但我其實是努力不要哭出來。

「別說了，快他媽的閉嘴。你實在太他媽在乎別人怎麼想了，你一定要搞得鬼鬼祟祟、神祕兮兮的。你到處迎合別人，假裝你是他們的朋友，因為你太在乎別人對你的看法了。讓老子他媽的告訴你，天底下根本沒有人在乎你。沒有人管你在搞什麼屁。你沒朋友，沒有人在意你到底在做什麼。」

「好……好啦。」

「真他媽的沒有人，老兄，學校裡沒有一個人在乎你。你對每個人都好聲好氣的，但沒有就是沒有。你擔心別人怎麼看你，老兄，他們根本不在乎你。他們根本不管你是死是活，你這個軟趴趴的臭娘貨。他們一點都不在乎。看著我，他們——壓根——不在乎！」

「好……好啦，天……天啊。」

「老兄，你儘管閉嘴，因為我已經聽不下去了。對，我的確他媽的告訴瑞秋電影的事。我的確他媽的借她幾部蠢到不行的電影看，因為她是全世界唯一一個在乎你的人。對，她奶子不夠大，所以你不在乎，可是另一個大奶婊子根本不在乎你，但瑞秋在乎，你卻沒發現，因爲你是個蠢到太平洋的小娘炮。」

「我……我是。」

「娘炮屁股，不要再哭了。」

「好……好啦。」

「老天幫幫忙，你不要再哭了！」

「好。」

我剛才有沒有提到麥斯威爾在一旁全程參與？他看得很開心。我相信，他在場只會把厄爾搞得比平常更瘋、更激動。

「現在，快點滾離這裡，我已經看膩了你的娘炮屁股。又哭又鬧的算什麼？」

我沒有說話，也沒有移動。厄爾走到我面前來。

「老天啊，我已經受夠、厭倦看著你把那個女孩當作什麼重擔，她是你這輩子最像朋友的人，她馬上就要死掉了。你知道，對吧？你這個腦袋空空的大白痴。她現在回家就是因爲她要死了。那個女孩躺在將死的病榻上，你卻在這裡講些毫不相關的狗屁，跑來我家哭哭啼啼的。我想……我想踹你的臭屁股，聽到沒？我、我現在就想把你揍倒滿地找牙。」

「來啊。」

「你要我揍你？」

「我……我不在乎。」

「媽的混蛋，你要我揍你？」

我有點冷嘲熱諷，但又淚流滿面地說：「對，厄爾，我要你揍我。」然後他一拳打在我的肚子上。

所以，來了……來了，這個月第二次，我痛苦臥倒在傑克森家的前院，一個個子矮小又好鬥的小鬼站在我面前。不過，至少這次，這傢伙的脖子沒有刺上一般人不能接受的字眼。他也沒有在我試著想辦法恢復呼吸的時候不斷對我甩巴掌。

他反而低聲地對我說：「老兄，起來。我出手根本沒有那麼重。」

麥斯威爾高聲地吆喝幾聲「對！繼續揍他」，還有「打爆他那個軟趴趴的大屁股」，但他也不是很認眞看待我們的打鬥。我想是因爲我們打得很爛，就連他也覺得很失望。平心而論，認爲我們會下手很用力、揍得很帥氣，根本也太荒謬了。這種心情根本就是期待金剛狼跟……我不知道耶，跟某種用棉花糖做的動物好好打一架一樣。

最後，麥斯威爾進屋去了，留下我跟厄爾兩個人。如果厄爾還在生氣，他應該也不是在氣我。

「去你的，你這個軟腳蝦。輕輕給你一拳，你就搞得跟要死了一樣。眞他媽的。」

「呃啊啊。」

「好了，起來啦，孩子。」

「老天爺啊。」

「來啦，咱們去你家，還有事要做呢。」

「呃嗯嗯，要死了。」
「這就對了，起來，我扶你回家。」

35 最後期限

不用腳本、不用規畫攝影機動線、不必費心打光。我們決定要放棄所有的特效，看看我們還能剩下什麼東西。

爲了E計畫，我們捨棄老爸的攝影機，改用我筆記型電腦上的低像素攝影機。我們受到YouTube的啓發。上蒼救救我們吧。

就跟全世界許許多多無聊又愛無病呻吟的人一樣，我們決定表達自己的最好方法就是看著鏡頭講話。不用腳本、不用規畫攝影機動線、不必費心打光。我們決定要放棄所有的特效，看看我們還能剩下什麼東西。

這是個餿主意嗎？等等喔，我先把這個問題轉發給「怎麼可能不是國度」的總統。

內景：葛雷的房間

場景：白天

葛雷：嗨，瑞秋。

厄爾：妳好，瑞秋。

葛雷：我們試了……呃，很多不同的方法幫妳拍這部電影，然後，呃，結果都不盡如人意。

如果沒有事先寫好腳本，你就會「呃」上個一百萬遍。所以，你一開口就跟剛經歷了一場有點嚴重的頭部傷害一樣。

厄爾：我們用了襪子玩偶，但襪子玩偶似乎跟妳的……呃……狀況沒什麼關係。

葛雷：呃，我們還讓學校同學對著攝影機跟你說話，但，呃，妳已經收到一堆早日康復卡片了，而我們……呃，我們希望能夠做點更個人的東西。

厄爾：我們也試過替妳拍部紀錄片，呃。

葛雷：呃，嗯。

厄爾：但我們沒有很多素材……呃，可以用。

葛雷：我們也試了這個，呃，很複雜的停格動畫，讓妳起身對抗癌症病魔。不過，呃，最後的成果看起來很蠢，也……也沒有達到我們預期的效果。

厄爾：所以，我們現在就試用這個方法。

兩人同時開口（聽不清楚）。

葛雷：你先說。

厄爾：不，你說。

葛雷：你快說。

厄爾：（有點緩慢且痛苦地）呃，好吧。呃，妳大概不曉得，能夠認識妳，讓我覺得自己多有福氣。因爲，首先呢，我們會認識彼此的機率實在很小，老實說，妳跟我啊，我們的生活圈根本不一樣。所以感覺……我很幸運，能夠在這幾個禮拜裡認識妳。妳擁有許多我很欣賞的特質，我喜歡妳聰明又靈巧，觀察力也很敏銳。不過，呃。眞正讓我敬畏的是妳的……呃……我不曉得該怎麼說。我想是妳的耐心。換作是我，我一定會很生氣、很難過、很受傷，讓身邊的人都不好過。而妳就算在狀況不好的時候，也都一直這麼堅強、有耐心，這點讓我非常敬佩。妳讓我覺得自己很有福氣。（沙啞的結論）所以，呃，對啊。

我在後面能接著說什麼？根本的問題在於，厄爾講的話都是出自內心，而要我講這種話，就是要我說謊。因爲我實在太不如他了。我不想講得好像什麼誇張的大混蛋，但這就是事實。我徹底相信自己說不出什麼纖細、感人又撫慰人心的話，除非我說謊。

厄爾：（繼續說，哽咽還有點生氣）換你了。

瑞秋啓發了我什麼嗎？我眞的覺得她很聰明又靈巧、也很有耐心什麼的嗎？不，我很抱歉。聽著，我覺得心情很糟。我眞的很希望認識她能夠啓發我的生命、改變我的生活，我眞的這麼想。我知道事情該往那個方向前進，但偏偏沒有。

厄爾：（繼續說）老兄，換你了。

我該說什麼？我可以照實說嗎？

厄爾（繼續說，用力捶了一下葛雷的手臂）換你了，大混蛋。

葛雷：好，好好。呃。我們拍這部影片的主要原因，是爲了要，呃，我們希望妳好起來。然後，呃……聽著，事情是這樣的，我知道妳會好起來。我知道妳夠堅強，而且，呃，對。我只是想告訴妳，我對妳有信心。（也許我講太多了）然後，還有就是，呃，我發現這就是我們想拍電影的原因。告訴妳，我們對妳有信心，我們相信妳。（此時此刻眞的撒了瞞天大謊）所以，我們才……呃，拍了這部電影。

我這整個禮拜一直聽到自己說「我們對妳有信心」，我只想一拳砸在自己臉上，因爲這句話顯然是個謊言。如果我們眞的對瑞秋有信心，我們爲什麼要急著在她死前趕出這部電影？再說，我是說，我們憑什麼要對她有信心？她都已經對自己沒有信心了。她直截了當地告訴我，她覺得自己就要死掉了。她放棄治療，回家，等著無可避免的結局。我們能跟誰爭這點啊？

同時，我們也沒有什麼其他的話好說了。

禮拜天很晚的時候，媽走進了電腦房。

「寶貝。」

「噢，嘿。」

「你還在做要給瑞秋的電影嗎？」

「嘿。」

「進度如何？」
「還不錯。」
「噢，寶貝。噓。」
「不錯。」
「噓。」
「啊？好。」
「失去朋友眞的很痛苦。」
「不是，不是這樣。」
「寶貝，眞的很難過。」
「不，不是這樣，眞的。」
「噓，別說了。」

36 《瑞秋》

《瑞秋》裡，好像我以爲她不會死。我居然得看著鏡頭說「我知道妳會好起來，還有「我對妳有信心」之類的話。光是看著我那雙死魚眼，就知道連我都不相信自己的話。

《瑞秋》（導演葛雷．賈恩斯與厄爾．傑克森，二〇一一年）。這部電影以雜亂的手法向白血病患者瑞秋．庫許納致敬。本片最值得注意的莫過於其令人費解的大雜燴風格、不搭調的紀錄片影像、自白、停格動畫，以及看起來是一場混亂的玩偶表演。事實上，賈恩斯和傑克森兩位導演也在電影中給予瑞秋粗糙、瘋癲的道歉，承認電影規畫不足，甚至可以說是不連貫。先是高中老師、學生尷尬的祝福短片剪輯，接著是襪子玩偶互相打鬥、樂高人物操著讓人聽不懂的口音出現，然後是掃描像素不夠清晰的庫許納童年照，以及其他獨立、與主題無關的片段畫面。兩位導演一再強調讓人潸然淚下、危言聳聽的結論，那就是，這部電影讓人不忍卒睹。因此，本片榮登「史上最鳥爛片」殊榮也實在當之無愧。

評價：一顆星

上一次我與瑞秋講話的時候，她已經看了這部電影好幾遍了，我不曉得該怎麼跟她談論這部電影。她和平常一樣躺在床上，但沒有戴帽子。她的聲音跟之前一樣，有點沙啞，鼻音還很重。這是我第一次發現，我講話大概也有點像這樣。

「嘿。」我說。

「嘿。」她說。

不知爲何，我想跟她互擊一下拳頭，但我沒有。

「我看了《瑞秋》。」她說。

「嗯嗯。」

「我喜歡。」

「妳知道妳其實不用這麼說。」

「不，我是眞的喜歡。」

「呃，如果妳眞的確定的話。」

「我是說，只是大概不是我最喜歡的電影。」

這話忽然讓我鬆了一大口氣，她是認眞的。我不曉得為什麼我會因此輕鬆下來。我想我大概有種怪病，情緒動不動就故障，光是坐著就感受到不合時宜的情緒。這種病應該叫做情緒智障症。

「對啊，如果妳最喜歡這部電影，妳的品味可能眞的有問題，因為這部拍得不算好。」

「還不錯，只是沒有其他幾部那麼好。」

「不，說眞的，我眞的不曉得這部電影是怎麼拍完的。我們跟瘋子一樣一直試、一直試，然後，不曉得耶，我們就是弄不起來。」

「你們已經拍得很好了。」

「不，才怪。」

我想跟她解釋，事情為什麼出了大錯，但顯然我不曉得原因為何。我是說，我和厄爾又不是什麼專業電影人，但在我們製片生涯的此刻，應該要拍出比這部噁爛哀傷混亂片《瑞秋》更好的東西才對。

「你很好笑。」她說。她臉上浮現我許久沒有見到的燦爛笑容。

「什麼？」

「你對自己要求很高，這很好笑。」

「我要求自己，因爲我是個混蛋。」

「你才不是。」

「妳根本不懂。」

也許我沒有辦法解釋我們是如何拍出史上最爛鳥片，但我還是可以講話損自己！我忽然發現這是我最喜歡幹的事情。

「不，妳又沒有住在我的腦袋裡面。在我說出、做出的每一件瘋狂蠢事、蠢話的時候，我大概還有五十個更糟糕的主意，只是沒表現出來而已，也許只是運氣差了點。」

「葛雷。」

「我是認眞的。」

「我很高興我們又成爲朋友。」

「噢，是喔。我是說，對啊，我是說，我也很高興。」

接著我們冷靜下來，一度沒有說話。你大概希望我坐著，心裡充滿愛跟溫柔，對吧？也許你該去找找別的書來看，好比說冰箱使用說明書之類的，說明書的感人程度都遠超過這本書。

因爲，我大部分時候都覺得怨懟、討厭。我很憤怒瑞秋決定放棄生命。這話聽起來有多蠢？我很可能根本不算個人！總之，對啦，我很氣她居然已經準備好要死掉了。我更氣的是，她居然害我必須假裝相信自己不相信的事情，在《瑞秋》裡，好像我以爲她不會死。我居然得看著鏡頭說「我知道妳會好起來」，還有「我對妳有信心」之類的話。光是看著我那雙死魚眼，就知道連我都不相信自己的話。任何後製方法都沒有辦法修成我眞心相信的模樣。顯然我是個天大的混蛋，但這一切都是因爲瑞秋將我推到這步田地，誰叫她要放棄自己的生命，還逼著其他人假裝相信她會活下去。

也許瑞秋察覺到我想著那部電影，因爲她又提到那部電影。

「你人好好，還拍了電影。」

「這個嘛，電影爛死了，但我們一定得拍。我們實在沒有什麼好理由不拍。」

「你們可以不用拍啊。」瑞秋微微睜大了眼睛。

「我們一定要拍。」

「不。」

「基本上，妳是我們唯一的影迷。我們一定要替妳做點什麼。」

「說到這個，事實上，我的確有件事需要你來做。」

這句話來得太突然，我只能開起玩笑來。「但我們已經拍了一部電影給你了！妳這暴君，要求這又要求那，要求個沒完啊！妳這個女暴君！」

她發出微弱的噴氣和低笑聲。然後，她似乎需要花點時間把持住自己，才能繼續講話。

「我看完了那本大學手冊。」

「噢，是喔？」

「對，我找到幾所電影學校。」

我花了點超乎意料漫長的時間，才明白她在說什麼。

「我還找到幾所學校有很棒的電影課程。」她說。

我傻傻點頭，我知道自己沒有辦法反駁她。

「呃，好。」

「我要你拿你的電影去申請這些學校，厄爾也去。」

「我只要你們替我做這件事。」

「好啦。」

「你辦得到嗎？」

「當然可以。」

「你發誓。」

「好，我發誓。」

37 我們的生命到此結束

漫長的停頓。

好了，我終於要寫到老媽如何毀了我和厄爾的人生。快去準備爆米花！這章一定超棒，我在這裡等你。

嗯嗯嗯，奶油鹹口味的爆米花。

事實上，我也要去弄點爆米花來吃。等等，該死，家裡只剩下少油少糖少鹽的健康爆米花。這玩意兒超噁心，吃起來就跟沙發的內裡一樣。

眞是爛透了。

在製作《瑞秋》的時候，我荒廢了學業。之前我大概也提到過，但在製作電影的時候，我的學業成績掉到一個尷尬的谷底。基本上，我的課業表現已經到了幫派小混混的水準，學校老師開始在課後將我叫去一旁，叮嚀著我正在毀了自己的人生。最後，在我將《瑞秋》送給瑞秋的隔天，麥卡錫老師終於插手了。他跑去找老爸和老媽，他們三個人說好每天放學以後，我必須去麥卡錫老師那邊，他會盯著我，逼我好好讀書，保住學分。

厄爾有沒有遇上這種事呢？才沒有。厄爾上的資源班是怎麼樣都會過的，結束。無論你寫出什麼樣的作業，或者有沒有去上課都沒關係。你就算把動物屍體釘在作業本上，還是會過。你哪天上學的時候，可以用一袋一袋的麻醉劑跟大便丟老師，他們大概只會叫你去副校長辦公室之類的。

所以忽然間，我在嚴密監控、稍微瘋狂的麥卡錫老師監督之下，開始一直做功課。我想，我大概有點感恩吧，居然有人能夠看顧我。我是說，顯然我把自己的生活搞得一團亂，現在有人規定生活該怎麼走，感覺實在不錯。不過，寫這些難解的作業題目也很棒，因爲這樣我就必須分心思考學業的問題。課業讓我不會去想同時發生的那些令人沮喪又奇怪的事情。

不幸的是，我也因此沒有注意到老媽忽然間反常的舉止。

通常，我到家之後，她大概每個小時會來一次她那討厭的「盯梢」。媽媽有各種理由進行這種令人討厭的行爲。

- 只是來看看你怎麼樣。
- 只是來看看你需不需要什麼協助。
- 只是來跟你說，今天天氣很好，也許你可以出去運動一下。
- 只是來跟你說，我要去上飛輪課了。
- 只是來跟你說，我下課了。
- 只是要告訴你一聲，葛瑞琴現在又開始「有點難搞」，拜託你不要再去刺激她。
- 只是來問一聲，你晚上想吃烤牛肉還是要吃羊肉？我正要去有機超市，但我忘了你吃不吃羊。
- 只是有個問題要問你，但我現在忘記問題是什麼了，所以我晚點再來問你，除非你剛好知道問題是什麼，但你大概不知道。所以，我晚點再過來，學校什麼的都還好嗎？
- 眞的嗎？寶貝，你眞的該打開電燈，不然你的眼睛會瞎掉。

有幾天的時間，所有的噓寒問暖忽然全部停止。我在家時間變少了，但在家的時候也沒有人一直來查勤。現在回想起來，我真該察覺到事情不對勁。不過，我實在太忙了，而且我大概無意識感謝老媽沒有一直來煩我，也不想冒險讓她又來煩我。

震撼彈就在第八堂課的時候擲下。

第八節課才吃飯[2]最大的好處就是，每次運動比賽之前的精神訓話都安排在第八節課，所以我跟厄爾從來沒有去集合過。不過呢，精神訓話其實是全校都強制參加的，至少理論是這樣沒錯。今天不知道怎麼了，麥卡錫老師居然趕我們走。

「抱歉，兩位。」他站在門口，他的高一歷史課學生跟無頭蒼蠅一樣在外頭亂晃。「如果有人發現你們在精神訓話時躲在這裡，我會有麻煩的。」

所以我們把午餐留在他的辦公桌上，尾隨高一生一起前往禮堂。

多數的精神訓話都是這樣進行的，軍樂隊在台上打鼓，一直演奏重複的節奏，也許膽大包天的運動員會搶下麥克風，想要即興發揮講點什麼，直到他們講到限制級的話題，或不小心講了髒話，這時，副校長就會喝止他們。話雖如此，今天台上居然有一台超大投影機，沒有軍樂隊，只有史都華校長。我們算是最後幾個抵達的，所以在史都華校長拿起麥克風講話的時候，我們才剛坐進高一生的行列裡。

史都華校長是個令人害怕的巨大黑人。我實在沒有其他字眼可以形容他。他超有威嚴，而他的預設表情跟厄爾一樣，都是不爽。他從來沒有直接跟我講過話，我希望到我畢業都能保持這樣的狀態。

他講話的風格實在很難形容，即使他明明不是在講什麼讓人生氣的話，中間也有停頓，但聽起來好像都有憤怒的弦外之音。他在精神喊話時聽起來實在很不爽。

「班森高中的老師、學生，歡迎參加這次的精神訓話。今天，我們要替特洛伊人隊歡呼，今晚，他們將在足球場上戰勝阿爾戴迪斯高中！」

歡呼和噓聲四起，史都華校長瞪著所有的人，嘈雜聲嘎然止下。

「儘管如此，今天的集會卻有更重大的意義。今天下午，我必須請你們大家來，為此，我必須長話短說。」

漫長的停頓。

「班森高中的一位成員此時此刻正在為自己的性命與癌症奮鬥。你們也許認識她，就算不認識，你們應該也聽說了，她叫做瑞秋．庫許納。我們都在某些時刻替她與她的家人禱告過，他們需要我們的祝福。」

憤怒的口氣讓這段話聽起來好諷刺，我因此低聲笑了出來。就在這個時候，史都華校長直直盯著我看，愚蠢的笑容僵在我的臉上，文字實在沒有辦法向你解釋我當時有多害怕。

「但是，兩位學生做得更多、更多，他們花了許多時間拍攝了一部電影。」

我聽到身旁的厄爾發出一個低啞的聲音。

2 譯注：美國有些高中會錯開各年級的中餐時間。應屆畢業生的用餐時間大多排在第八節課，也就是最後一批用餐，時間大概是下午一點到兩點之間，其後不再安排課程。

「這部電影是要振奮瑞秋的心情。這部電影能夠陪伴她，給她希望和愛，也能逗她笑，讓她覺得自己很重要。」

史都華校長每講一個字，我都想要一拳一拳砸在自己臉上。

「他們並沒有打算讓瑞秋以外的人看這部電影，這是專門拍給她的電影。儘管如此，這份充滿愛的禮物的確值得一看，值得欣賞，值得掌聲。」

有種不一樣的感覺湧上心頭，我忽然想揍自己的鼠蹊部。

「葛雷里．賈恩斯、厄爾．傑克森，請到台上來。」我的腿好軟，我根本爬不起來。我的喉嚨裡好像有嘔吐物。厄爾看起來跟死了沒兩樣。我打算就地暈倒，我實在沒辦法面對這種狀況。

事情是這樣的，丹妮斯發現了這部電影。瑞秋播放電影的時候睡著了。丹妮斯進房就發現，還看完了它。然後丹妮斯把電影放給老媽看。老媽告訴丹妮斯，我和厄爾從來不讓其他人看我們的作品。丹妮斯和老媽決定大家都該看看這部電影。所以，在沒有告知我們的情況下，她們跑到學校找了幾名老師，讓他們看這部電影，史都華校長也看過了。現在，全校師生都要看。

學生心不在焉地鼓掌，在台上的史都華校長用他的大手拍著我們的肩膀，瞪著我們的眼神好像要將我們生吞活剝。他低聲地說：「你們兩位的行爲讓我很感動，你們是這所學校的榮耀。」然後，我們三個人就坐在講台一角，厄爾的大頭出現在螢幕上，然後我那顆更大的頭也出現了，接下來的二十八分鐘裡，全班森高中的人都看到了《瑞秋》。

38 後續之一

大家都看了，差不多每個人都討厭這部電影。

用粗魯的敘利亞人尼扎的話來說，那就是：「你要打架，我跟你打。操你個雞雞屁股。」

如果這是本普通的青少年小說，這裡已經是播完電影以後的故事了，全校師生都會起身鼓掌，厄爾跟我發現他們眞的接納我們，也眞正相信自己。瑞秋則會奇蹟似地好轉，或者，也許她還是會死，但我們永遠都會感謝她讓我們挖掘自己內在的天賦。麥迪遜則會成爲我的女朋友，只要我想要尋求可愛貓熊擁抱的慰藉時，就可以用鼻子湊進她的胸部裡。

這就是爲什麼小說很爛的原因，這些事情全都沒有發生。基本上，發生的都是我最害怕的狀況，只不過嚴重得多。

一、我的同學並不喜歡《瑞秋》

他們討厭死這部電影了。他們覺得奇怪又難懂，雖然史都華校長先前講了一堆話，但他們覺得是我們逼他們看的。多數學生都沒有仔細聽校長講話，他們只是在禮堂露個臉，等到關燈之後才專注下來，還以爲是我們要大家一起看這部蠢電影。但因爲電影實在太爛，他們討厭死這部電影。我跟厄爾必須在台上觀察他們的反應。許多人焦躁不安、無聊到聊天、多位老師不斷喝止他們講話，還有數不清的怒視眼神。所以，眞的不優。

最糟糕的莫過於時不時出現的憤怒尖叫。舉例來說，狼蛛紙鎭旋轉的橋段引發許多人崩潰，「這樣不對吧」、「太噁心了」、「爲什麼我們要看這個啊」。

事實上，也許最糟的是看到瑞秋好朋友安娜與娜歐米的反應。顯然她們兩個人都很討厭這部電影。娜歐米以每十秒鐘誇張的皺眉及快翻到後腦杓的白眼來表示她對本片的反感，我甚至沒辦法怪她怎麼會有這種反應。安娜就更糟糕了，因爲她只有露出痛苦的神情。史考特．梅修在一旁安慰她，史考特．梅修就是我先前將他當作嘔吐外星人的那個傢伙。他成了安娜的男朋友。播放電影時，史考特大部分的時間都一直瞪著我看，用他那雙冰冷、直視、充滿憎恨的眼睛怒視著我，好像我濫用了他身爲一名歌德阿宅的信任。我想我運氣不錯，因爲他沒有帶劍出門。

師長都以誇張的方式表現出他們對這部電影的喜愛，這（1）反應出他們缺乏藝術判斷的品味，（2）加深了其他學生不喜歡的程度。他們不斷告訴其他人，我們拍了這部蠢電影。事情看起來像是我們爲了引人注意才拍這部電影。這樣的想法，當然只讓我想要把有毒、會螫人的昆蟲往頭上丟。

喜歡這部電影的癮君子大有人在，只是我也沒有因此感覺好一點。舉例來說，戴夫．史麥哲就在走廊上攔下我，告訴我，他覺得這部電影「很深沉」。

「老兄，電影很好笑啊。」他說，「你把死亡，眞正一個人的死亡，拍得很好笑。你眞的拍得超好笑的，我覺得超震撼。」

這並不是我們拍片的目標，但似乎不用告訴他這點。

麥迪遜嘴巴上說喜歡，但顯然她只是客氣而已。重點在於，她說她根本不懂這部電影在講什麼。

「你們眞的超有創意的！」她解釋道，好像「有創意」就可以拍出任何一部古怪、錯亂、粗製濫造的電影，還逼其他人看一樣。

所以大家都看了，差不多每個人都討厭這部電影。

用粗魯的敘利亞人尼扎的話來說，那就是：「你要打架，我跟你打。操你個雞雞屁股。」

二、**現在，同學有充分的理由討厭我**

《瑞秋》公開播映之後，我在班森高中生態系統的地位再次改變，跌到更下層去了。學年一開始的時候，我只是「跟大家保持良好距離的葛雷．賈恩斯」。後來，我成了「可能是某個無聊女孩男朋友的葛雷．賈恩斯」，這不算好，但「電影人葛雷．賈恩斯」也高明不到哪裡去。結果呢？現在我是「專拍狗屁實驗性電影還逼你看完的電影人葛雷．賈恩斯」。我是一頭孤單的黑猩猩，在林地上蹣跚跛行，腦袋後面還有一個鮮明的大標靶，旁邊還有告示牌寫著「打賭你沒辦法用大便打到我的頭」！

我甚至沒有辦法跟學校的其他同學講話，我只要一開口，話題就一定會談到那部電影。其他學生在走廊上不時會對我大吼大叫，通常都是在講旋轉狼蛛的事情，我想這意謂著這部電影眞的爛得可怕，而我想不出該怎麼回應。所以，我只好努力加快腳步經過。實在太可怕了。

來說說社交小圈圈吧。書呆子超級同情我，富二代忽然裝得好像從來就不認識我一樣，運動員開始問我什麼時候要拍同志A片。最慘的莫過於劇團成員，他們似乎以爲我入侵了他們的禮堂，我們之間有嚴重的美學品味分歧。其他同學大多以不信任加不喜歡的態度對待我。

所以，實在很不妙。

三、我跟厄爾保持非常遙遠的距離

我們已經沒興趣一起玩了，真的沒有。

四、我好像融化成了一名隱士

精確來說，我對於事情的反應不是非常好。公開播映是十二月的事，我後來又上了一個禮拜的課，然後，在寒假前一週我就開始翹課了。我騎腳踏車去家飾建材行，替我的房門買了一個鎖，用拙劣的電鑽技巧讓它固定在門上，最後把自己關在房裡。

因爲電影事件爆發，唯一能夠跟我溝通的「雙親」就剩老爸了。就算如此，我也不是很想跟他講話，所以我們就互傳簡訊。感覺怪怪的。

兒子，你今天要上學嗎？

不要。

爲什麼？

不舒服。

要帶你去看醫生嗎？

不要，我想一個人就好。

你確定你沒有摔斷手什麼的？

我爲什麼會摔斷手？

你又不曉得該如何正確使用電鑽！哈哈哈。

手沒斷。

好吧，肚子餓了儘管去廚房弄午餐吃。如果你需要什麼，我就在書房。

我後來才曉得，老媽對於這次可恥的失敗感到非常難過，她甚至讓老爸說服她，不要跟以前一樣一直管我。我當然很歡迎這種轉變。事實上，如果老媽繼續插手過問我的生活，我很可能會想辦法一路跑到布宜諾斯艾利斯去。

所以我躲在房裡看了一個禮拜的電影。起初，我只看拍得好的電影，希望這些作品能夠讓我開心一點，但它們只提醒了我，我是個多爛的電影人。然後，我開始看拍得很爛的電影，但心情也沒有因此好轉。我每次只要播起賈恩斯和傑克森的ＤＶＤ，五分鐘後一定退片拿出來。我們的電影眞的好爛，眞的眞的好爛。我們沒有器材、沒有演員，我們只是玩弄尷尬家家酒的兩個小鬼。我播放我之前覺得拍得很棒的作品，結果也很爛，《心悸大戰》、《二○○二宇宙漫遊》、《肥貓疊影》，可怕、討厭、無聊、愚蠢，看都看不下去！

到了第三天，我崩潰了，我拿起剪刀，刮花所有的ＤＶＤ，全丟進垃圾桶。我當時曉得我的心情不會因此變好，但我還是幹了，因爲，去他的。

有天下午，老爸打電話給我的時候，我的心情跟平常一樣糟。他告訴我，瑞秋又進醫院了。

39 後續之二

我們拍了一部關於死亡的電影，而我們根本不懂死亡是怎麼回事。

我抵達瑞秋病房的時候，丹妮斯已經在裡面了，我們並沒有對彼此說些什麼，就尷尬地坐在那裡好一會兒。我覺得應該離開，但也知道現在走人只會讓心情更壞。瑞秋沒有醒來，顯然她得了肺炎。

我眞的很希望瑞秋醒過來。現在回想起來，這種想法實在很蠢、沒有意義，因爲我已經沒有話能對她說了，但我就是想再跟她說說話。我坐在椅子上盯著她，看了一個小時。她亂糟糟的頭髮已經剃掉了，她雙唇緊閉，所以我看不到她滿口的大牙齒。她的眼睛也是閉起來的，所以我也看不到她的眼神。我想，躺在那裡的人看起來不太像瑞秋，但不知怎麼著，看起來又像她。

事實上，我全程都在哭泣，因爲不曉得什麼理由，我一直覺得她不會死，現在我卻眼睜睜看著她即將死去，感覺眞的不一樣。

關於她的死亡，好像有些我懂卻又不懂的事情，不曉得你懂不懂我在講什麼。我是說，你的理智明白某人要死了，情感上卻還沒有眞正體會到，等到情感也確定的時候，你的心情就會爛到谷底。

所以我跟個白痴一樣，一直坐在那裡，看著她的身體慢慢死去，這時我才明白，已經來不及說任何話、做任何事了。眞不敢相信我花了這麼久的時間才稍微了解這麼一點點。眼前是一個人，一個垂死的人。世界上再也不會有人擁有這雙眼睛和耳朵，再也不會有人在瘋狂大笑之前用嘴巴換氣、發出淺淺的笑聲、揚起眉毛，還用鼻孔噴氣。世界上再也不會有同樣一個人了，她在地球上的時間就只有這麼多，現在即將走到盡頭，我卻無法接受。

我也想到，我們拍了一部關於死亡的電影，而我們根本不懂死亡是怎麼回事。也許厄爾比我更清楚一點，但我知道自己根本什麼也不懂。再說，我們的電影內容關於一位我們並不是非常熟的女孩。事實上，這部點電影根本不是在講她的故事。她只是快死了，而我們藉機拍了一部關於我們自己的電影。我們利用這個女孩拍了一部屬於我們自己的電影。這件事好蠢、好爛，我忍不住繼續哭。《瑞秋》根本不是在講瑞秋的故事，反而只說明了我們對瑞秋的認識有多淺薄。我們實在太傲慢了，居然自己以為能夠拍出一部關於她的電影。

所以我坐在病房裡，一直希望瑞秋能夠醒過來，告訴我她到底有什麼想法，這樣我才能記錄下她的思想，這樣她的思想才不會就此消失。我發現自己在想，要是她已經過了最後的思考時刻，要是她的大腦已經不再製造理智的思想，怎麼辦？這個問題實在太可怕了，我開始放聲痛哭，我發出像海豹般難聽的哭泣聲——骯骯骯骯骯克骯骯嗯哼哼哼。

丹妮斯沒有動作，靜靜坐在那裡。

這個時候，我眞的很討厭這樣的自己，但我理解該如何拍電影了，我一定要盡可能保留住所有的瑞秋，最理想的方法莫過於用一台攝影機記錄下她完整的生活，另一台攝影機就放在她腦袋裡；想到這樣不可行，我就覺得苦澀憤怒。我們就要失去她了，好像她從來不存在，從來沒有說過那些話，從來沒有對著誰笑，從來不會講她喜歡的口頭禪，從來不會因爲焦慮而玩弄手指，從來不會因爲吃到什麼食物或聞到什麼氣味而想起過往的回憶。又好比說，不知道啦，也許是忍冬讓她想起某年夏天跟哪個朋友一起玩之類的，還是她媽擋風玻璃上的雨水讓她聯想到外星人的手指，或是好像她從來沒有幻想過那個笨蛋休·傑克曼，好像她從來沒有想像自己的大學生活會是什麼模樣，好像她從來沒有想過世界能夠清楚在某人面前展現開來一樣。這一切及其它她曾想過的事情，全都要消失殆盡了。

《瑞秋》的重點眞的該表達出這種失去有多恐怖，如果她能繼續活下去，她應該是一個享受漫長美好人生的女孩；而我們就這樣愚蠢、沒有意義地失去她，眞的就他媽的失去了，什麼都沒有，眞他媽的一點意義也沒有，我眞的沒辦法想點好事情出來。我坐在病房裡，想著這部電影，我曉得在這部電影裡，會有我在醫院病房裡崩潰大哭的一幕，還有她媽有如雕像般一語不發、眼神呆滯坐在那裡的畫面。我恨死自己到這個時候還這麼抽離地想這些東西，但我就是忍不住啊。

差不多就在這個時候，我媽進來了，如果你覺得我們有辦法一邊哭一邊講話，那你眞的是腦袋壞掉。

我們最後必須退到走廊上，但在出來之前，老媽跟丹妮斯有一段詭異的互動。老媽抱了抱丹妮斯，說了些語焉不詳的話，而丹妮斯只是僵直身子坐著。

我跟老媽坐在兩張醫院走廊的普通椅子上，想要將身體裡的哭意全部哭出來。最後，我終於能在爆淚間稍微講話。

「我……我希望她能……能醒過來。」

「噢，寶貝。」

「爛死了。」

「你讓她過得很開心。」

「如果我……我讓她開心，爲什麼她……她還是不肯……不肯奮戰下去？」

「寶貝，那太辛苦了。有些事情是人無法挑戰的。」

「爛死了。」

「每個人都會死。」

「骯骯哼嗯嗯哼。」

我們這樣搞了一個小時，我看我就別細述後面的對話了。最後，我們終於閉嘴，好像有幾個像吉伯特一樣的人出現在漫長的靜默之中，有人把他們推來推去，而醫生、護士則快步經過他們身邊。

然後媽說：「對不起。」

我以爲我知道她在說什麼。「我只是希望妳能先跟我講一聲。」

「我一開始就告訴過你了，但我想我讓你別無選擇。」

「媽，妳在講什麼？妳一開始哪有告訴我？」

「我們說的是同一件事嗎？」

「我說的是愚蠢的精神喊話集會。」

「噢。」

「那妳指的是什麼？」

「我指的是一開始讓你花時間陪瑞秋。」

「精神喊話眞的恐怖得多。」

「那個，我覺得還好。要你面對這麼困難的情況，我實在很過意不去……」

「妳不覺得精神喊話比較糟嗎？」

「不，但我實在很難過……」

「精神喊話根本是場噩夢，真的是場噩夢。」

「如果你是後悔讓你的同學欣賞你拍的傑出電影，那我實在不曉得該說什麼。」

「真不敢相信到現在妳還覺得這是個好主意。首先……」

「有些事情……」

「可以讓我說完嗎？」

「首先，有些事情……」

「媽，媽！我可以先講嗎？讓我先講。媽！老天爺啊。」

我們都開始了老媽那一連串不停歇的言語疲勞轟炸，我覺得她很訝異我居然用她的招數反將她一軍，所以她讓步了，讓我先講。

「好，你要說什麼？」

「媽，我的同學恨死了那部電影。我跟厄爾也不喜歡。我們覺得那部電影拍得不算好，事實上，是拍得很差。」

「如果你……」

「媽，妳得讓我把話講完！」

「好啦。」

「那不是什麼好電影，好嗎？事實上，那部電影爛死了，因爲……老媽，閉嘴。就算我們的出發點很好，但也不代表我們能拍出什麼好東西，好嗎？因爲那部電影的重點根本不是她。那部電影只點出我們眞的一點也不了解她，超尷尬的。還有，妳是我媽，妳的意見根本不準，所以妳看不出那部電影有多爛、有多不合理。」

「寶貝，那部電影很有創意，實在……」

「不要因爲什麼東西看起來古怪難懂就說它有創意。這就是……這就是一切的問題。明明一個東西很爛，你卻想要假裝它很棒，說它『嗯，有創意』。那部電影爛死了，我們的同學都看不下去。」

「他們只是不懂。」

「他們看不懂，是因爲我們拍了一部很爛的電影。」

「寶貝。」

「如果拍得好，他們就會喜歡，他們就會懂。而且如果那部電影拍得很好，也許就能幫助瑞秋活下來。」

我們再次陷入無語的沉默。幾扇門外的某位病人似乎正哀哀叫著死去。氣氛實在不算好。

「好吧，也許你是對的。」

「我本來就是對的。」

「好吧，對不起。」

「好啦。」

「你不懂的是，看著自己的孩子開始長大是很痛苦的事情。」老媽說，忽然間她開始大哭，哭得比剛剛還慘，所以我必須安慰她。我們跨著椅子擁抱彼此，肢體動作實在僵硬到不行。

老媽哭到有點歇斯底里，她指出以下幾點：

- 你的朋友就要死掉了。
- 看著一個孩子死去實在很痛苦。
- 看著朋友的女兒死去更痛苦。
- 不過，最痛苦的，莫過於旁觀自己兒子看著朋友死去。
- 你現在就要下定決心、做出決定。
- 讓你自己做決定對我來說實在很難過。
- 但我必須讓你自己做決定。
- 你讓我覺得好驕傲。
- 你的朋友就快死掉了，而你好堅強。

我想解釋其中幾點，我一點都不堅強，而且我覺得自己根本沒有做什麼能夠讓人覺得驕傲的事情。不過，我曉得現在不是啓動「全面謙虛模式」的好時機。

我們離開醫院，我曉得自己再也見不到瑞秋了。我覺得有點空虛，有點疲累。媽幫我買了卡魯哇咖啡酒冰淇淋加黃燈籠辣椒和蜂花粉，吃起來還不錯。

就是這個時候，我曉得自己撐得下去。

40 後續之三

你必須替自己活。你必須先顧好自己的生活，才能開始插手別人的事。

寒假差不多結束了，今年還沒有下雪。我和厄爾約在楚英的西貢小館，這是我成為隱士之後我們第一次見面。楚英的西貢小館是一間位於羅倫斯威爾的越南餐廳，我們不小心茫掉、告訴瑞秋我們拍電影那天，麥卡錫老師推薦我們這間餐廳。我覺得厄爾會比較想約在奇怪又充滿難以下嚥食物的地方。

我抵達的時候，厄爾已經到了。我的冬天大外套裡面有一層汗，因為我從家裡騎腳踏車過來。而且，我的眼鏡上都是霧氣，我必須摘下眼鏡，跟鼴鼠一樣瞇著眼睛東張西望。厄爾沒有主動打招呼，所以我必須在餐廳裡走來走去，直到我看到他。他繃著臉攪和著面前的一碗湯。

「歡迎！歡迎！」一個模糊的身影出現，大概是楚英吧，真是差點嚇死我。

「嘿。」我對厄爾說。

「還好嗎？」

「那是河粉嗎？」

「對。」

「好吃嗎？」

「裡面有牛腱還是什麼鬼的。」

「噢。」

「想吃點什麼？」楚英問道。他和我的身高、體型相仿。我們光臨，他高興得不得了，實在很不像胖子的風格。

「河粉。」我說。

「一碗河粉。」楚英吼叫著，搖搖擺擺地走開了。

「至少一次，吃碗沒加藥的。」厄爾咕噥道。

店裡播放的音樂是很輕柔的節奏藍調，但是放得有點大聲，歌裡唱著：「你是我的性感愛人。」一個男聲柔情唱道：「性感─感─感─愛─人─人─人──」

「所以呢。」我說，「不曉得你聽說沒，瑞秋過世了。」

「對啊，我聽說了。」

「所以，呃，你最後有沒有去她家把DVD拿回來？」

「有啊。」厄爾有點慌亂地說。

「我可以拷貝一份嗎？」

厄爾揚起眉毛。

「我有點發瘋。」我說，「我好像有點發瘋，所以……刮花了我那份DVD。我現在手邊什麼也沒有了。」

厄爾稍微張大了眼睛看我。

「我放火燒掉了。」他說。

「噢。」我說。不知爲何，這話並沒有讓我覺得非常訝異。我聽到應該很崩潰才是。

「沒錯。」他說，「我把我的DVD放在垃圾桶裡燒掉了。」

「我想應該就沒有備份了。」我說。

「你刮爛了你的DVD？已經不能播了？」

「對啊。」我說。

「眞他媽的。」厄爾說。

鬼吼鬼叫的節奏藍調男歌手唱道：「噢，女孩！妳讓我想要噢、噢、噢！」

我們一度沒有說話，接著厄爾率先開口：「我沒想到你會刮花你的備份。」

「對。」我說，「我眞的崩潰了，我不知道啦。」

「我實在好難想像……你幹得出這種事來。」

「我不該刮爛它們。」我說，但厄爾似乎沒有打算讓我難過下去。他似乎還處於很訝異的心情。

「河粉來了。」楚英如是說，他將一碗東西放在桌上。聞起來挺不錯，卻又有點噁心。我仔細聞一聞，裡面好像有神奇的牛肉跟甘草味，過了一會兒，又隱約有別的味道，有點像是流大汗的屁股味。旁邊還有一大盤奇怪的東西，有菜葉跟水果，以及看起來很像精蟲的豆芽菜在上頭。

我還在思索該先吃哪一樣的時候，厄爾忽然就說：「老兄，這是好事，因爲我不能再拍電影了。我得去找個工作什麼的。我必須存點錢，搬離我老媽的破房子。」

「噢，是喔。」我說。

「對啊。」厄爾說，「該開始新的人生了，老兄。我不能繼續鬼混下去了。」

「你想找哪類的工作？」

「天啊，不曉得耶。大概會去溫蒂漢堡當服務生之類的吧。」

我們吃了點河粉，湯頭不錯。各種奇奇怪怪的動物食材對我來說有點過頭了，有小小一節一節凸起的東西，還有大塊肥油之類的東西。裡面還有牛肉丸，我是說什麼也不會吃的。

我不曉得自己爲什麼要提這個話題，但我還是說了：「我大概有幾門課不會過了。」

「是喔？」

「對，我基本上已經不去學校了。」

「對啊，麥卡錫氣死了。」

「好啊，誰叫他活該。」此話一出，我忽然覺得非常後悔。

「別亂講話。」厄爾說。

對此我沒有答腔。

「如果你沒過，你就是個笨蛋。」厄爾繼續說，他的口氣不帶怒火，反而只是就事論事。「老兄，你聰明得很。你可以期待大學或是之後的生活。找個好工作什麼的。」

「我在想啊。」我說，「也許我不念大學，也許該去電影學校上課。」

「什麼？因爲瑞秋嗎？」

「沒有啊。她之前跟你提過什麼電影學校的事情嗎？」

「她要我去申請電影學校。我想她應該也要求你去申請。我就說，『妞兒，妳是瘋了嗎？我哪來的錢去念電影學校？』」

「也許你可以申請獎學金。」

「鬼才會發獎學金給我啦。」厄爾終於開始吃他的河粉。

「爲什麼不呢？」我問。

厄爾滿嘴食物，他稍微語帶威脅地說：「反正就是不可能啦。」

我們又吃了一會兒。節奏藍調歌手歡樂地唱到一個女孩讓他「充滿活力」。楚英也在看起來很簡陋的玻璃櫃檯後面有一搭沒一搭地哼唱著。

不知道爲什麼，我就是沒辦法放下電影學校這個話題。

「反正我大概會去申請電影學校。」我說，「所以，我想我應該會拍些新電影去申請。」

厄爾繼續咀嚼食物。

「不曉得，你會不會想幫我一起拍。」我說。

厄爾沒有看著我，後來，他有點哀傷地說：「我沒辦法再拍電影了。」

大概是有什麼邪惡且（或）愚蠢的外星人控制我的大腦，讓我說出以下這段讓人難以置信又過分的話。

「不過，瑞秋大概希望你能跟我合作一起繼續拍電影。」我聽見自己說出這句話。

厄爾盯著我看了好一會兒。

「老兄，你懂個屁。」他終於開口。他有點火氣，同時又很哀傷。「我不想因爲這個對你發脾氣，我沒有因爲這個跟你發脾氣，我只是老實告訴你。這算是你人生裡第一件……負面的事情。你不能反應過度，根據這件事做出影響你後半輩子的重大決定，代價太高了。我只是說說啦。每個人都會死，每個人都會做蠢事。我身邊的家人個個專幹蠢事，我以前認爲，我一定要幫他們做什麼，我現在還是想幫他們，但你必須替自己活。你必須先顧好自己的生活，才能開始插手別人的事。」

我沒說話，因為我實在沒料到他會忽然說這些。我是說，我沒料到，因為這個話題實在太私人了。也許沒那麼私密？我不知道啦。反正我就是沒開口，他只好繼續說下去。

「我不想拋下我老媽。」他說，口氣跟先前一樣。「在那個家裡，從早到晚喝得醉醺醺的，成天在網路上不曉得在幹麼。我也不想離開德瑞克和戴文，他們就是兩個混蛋，傻得跟鬼一樣，天啊。我看了看，天底下沒有人跟我一樣，家人都搞得亂七八糟，天底下也沒有人跟我一樣，住在那種大便坑裡。」

「但我會先顧好自己的生活。」他說。我覺得這話是他說給此刻的自己聽，而不是講給我聽的。他講話的口氣有點像在解釋，又有點像在懇求。「在我能幫他們之前，他們必須先自己想清楚。我愛我媽，但她的問題是我幫不了的。我愛我的兄弟，但他們必須先釐清自己的問題，我才能幫得了他們。不然，他們只會拖我下水。」

我好像有幾個月的時間忘記厄爾也是有老媽的。不知為何，聽到他講起她讓我有種違和感，我腦袋裡甚至想像不出她的模樣來。她就是個有點面目模糊的女人，眼睛大大的，臉上總是掛著傻傻的笑容。

總之，厄爾說完後似乎心情滿好的；然後，他注意到我，好像他已經忘了我還在一樣。

「你和瑞秋也是一樣，只不過她已經過世了，所以你替她做什麼就不重要了。你要做的是對你自己好的事。孩子，你要畢業，畢業之後去念大學，找個好工作。我們眞的不能繼續拍電影了。」

這段話聽起來很棒，也讓人很沮喪。厄爾的心情卻非常好。

「見鬼的越南人居然在我的湯裡加這個。」他說，「看看裡面這是誰的陰囊。」

他無預警地啓動了噁爛模式。我是沒什麼興趣，但還是努力配合。

「陰囊？那不是屁眼嗎？」

「這個皺皺的東西？我覺得應該是陰囊。看看菜單。」

「那這個上面有鬚鬚的是啥玩意兒？」

「那個才是屁眼。你點大碗的嗎？大碗的才有屁眼、陰囊，還有，呃，嫩煎驢子雞雞，還有，呃，你大概還有一些毛屁股的山羊奶頭在裡邊飄來飄去。」

「對，這是大碗的。」

「山羊奶富含抗氧化劑。」

「我正在尋找驢子雞雞。我沒看到驢子雞雞。」

「看來你這碗裡沒有。」

「太過分了，我的湯裡居然沒有驢子雞雞。我真是太生氣了。」

「肯定有兩塊超大塊的嫩炒驢子雞雞在我的湯裡。」

我有點累了，實在沒有辦法繼續加油添醋。

「孩子，別氣。」厄爾保證道，「我心情好多了。」

後記

本片終

就這本書看來，我好像很痛恨自己，討厭自己所做的一切，其實不是這樣。我只討厭自己扮演過的角色而已，對於現在的自己，我覺得還不錯。

我寫完這本書的時候，已經是六月的事了。首先，謝天謝地，這本書終於結束了。再來，在這裡，我大概可以想寫什麼就寫什麼，因爲你們根本不可能讀到這麼後面，這本書對英文來說實在是一大恥辱；對於任何語言來說也都是。他們應該剝奪我的語言能力。不過，同時，我眞的可以寫出心裡的話了，好比說：威爾．考奧德的雞雞小到縮回去了。去死啦，威爾．考奧德，我已經不在乎能不能跟你做朋友了。

所以，你大概已經知道了，我進了匹茲堡大學，但我入學暫緩，因爲我前幾學期的英文課、初階微積分、進階生物學，還有體育通通沒有過。老爸覺得，如果我能和匹茲堡大學的評審委員解釋一下，爲什麼這些課我沒有過的原因，也許我就能入學了。老爸一直提到「摯友身故」這四個字，讓我不停想到「豬疣身骨」。老媽覺得我該讓你們看看《瑞秋》，我並沒有因爲這個要求而裝死五秒鐘，我想這應該是因爲我成熟了。後來，老爸、老媽建議我可以拍點別的東西讓你們評估，但經過《瑞秋》之後，我跟厄爾已經拍夠電影了，我已經永遠從製片界退休了。

我後來想了想，我的確是該試著解釋一下自己的狀況。而這個暑假我除了重修補修以外也沒有別的事好做，我就想，任誰都可以寫書。所以我就爲諸位，匹茲堡大學的入學委員寫了這本書。如果沒什麼意外的話，這樣的行爲大概可以證實：不是誰都能寫書的，除非我們說的是瘋狂到破紀錄的書，那這本書至少還有點用處。

現在，既然我寫到這裡了，我覺得本書大概沒辦法改變諸位的心意。我是說，如果這本書眞的讓各位決定重新錄取我，你們大概會遭到開除，因爲我不是已經告訴過你，我是個沒有辦法表達出正確情感、又不能好好過一般人生活的大混蛋了嗎？

我想我在書裡好像說過，匹茲堡大學跟卡內基梅隆很像，只是大上十倍，還更無聊一點。

但重新寫到這裡，我發現我應該重回電影界。所以如果你還是想讓我入學，那真的很棒，不過，我大概一年後就會去申請電影學校。所以我現在會開始拍些新的電影，也許我會想辦法找些演員來演。

我也忽然更了解自己了，我也在這裡分享一下，反正沒有人會讀到這一頁。就這本書看來，我好像很痛恨自己，討厭自己所做的一切，其實不是這樣。我只討厭自己扮演過的角色而已，對於現在的自己，我覺得還不錯。我覺得自己現在拍出好電影的機率似乎變高了，也許未來某一天，也許六個月後我會改變心意，但那又如何？這只是葛雷·賈恩斯動作場面不斷、情節高潮迭起人生的一小部分而已。

（不過，在此說明一下，雖然我重返電影界，但不意謂著我會將這本書改拍成電影。這種事情是百分之百不可能發生的。當你把一本好書改編成電影的時候，蠢事會發生。如果你想把這本動不動就嘔吐的噁心饗宴改拍成電影，誰曉得會發生什麼天災人禍？聯邦調查局可能會介入調查，他們可能覺得你在進行什麼恐怖活動。）

我要在此簡短抱怨一下麥迪遜·哈能。結果她的男朋友根本就不是匹茲堡鋼鐵人隊的隊員，也不是什麼大學生。畢業後兩週，她居然開始跟艾倫·麥孔米克交往。艾倫·麥孔米克就是身材矮小又枯瘦憔悴的歌德阿宅，皮膚狀況比我還差，四肢短得很奇怪，看起來瘋瘋癲癲的大臉跟身體其他部位完全湊不在一起。事實上，我覺得他應該已經脫離歌德阿宅的身分了。二月的時候，他早上已經不再跟史考特．梅修玩什麼魔法牌卡的遊戲，反而搖身一變，成爲貨眞價實的書呆子。不過，這只證實了麥迪遜．哈能並沒有什麼交往準則。

所以我想，也許我原本是有機會跟她在一起，前提是如果我多花點時間待在食堂，而不是待在麥卡錫老師的辦公室。

不過，後來一想，似乎也沒有辦法證實的確如此。

說到麥卡錫老師，他其實不是癮君子，他也沒有在自己的湯裡加大麻。我們那天茫掉，其實是因爲吃了厄爾帶來當午餐的餅乾。那是麥斯威爾當時的女友替他做的，裡面加了過多的大麻。幾個月後，就在厄爾跟麥斯威爾不知什麼原因將彼此揍得遍體鱗傷時，厄爾才搞清楚事情的眞相。

這點讓人鬆了口氣，同時也符合我對於毒品世界的認知。因爲，如果一位老師長期處於嗑藥嗑茫的狀態，他是不可能跟麥卡錫老師一樣有趣、一樣難以捉摸、一樣動不動就要人提出事實；反而，這種老師應該會一直吃東西，然後說不出正常的的句子來。

至於厄爾，我們在楚英西貢小館一起吃河粉後，還見過幾次面。現在他在溫蒂漢堡工作。他太矮了，沒辦法站櫃檯，所以他火大得很。他還是住在家裡，但已經開始存錢要搬出去住。

一起鬼混卻沒有拍電影，感覺實在好怪。我們坐在一起，聊彼此的生活。過去幾個月來，我對他的認識好像遠超過過去幾年我們拍攝賈恩斯、傑克森電影的時候。讓我告訴你：厄爾的確是個神經病。

我暗地裡許了個願，我曉得這個願望很蠢，但我希望在我離開電影學校的時候，能夠立刻拍出很厲害的電影，這樣我就能開設自己的製片公司，請厄爾來當我的「合伙總裁」。不過，事情大概不會這麼順利，事實上，如果我們再次合作，工作場景很可能是在溫蒂漢堡。眞不敢相信我居然打出這種句子，這是我這輩子寫過最沮喪的一句話。不過，大概眞的就是這樣。

我還想再分享一件關於瑞秋的事情。我和老媽離開醫院十個小時後，瑞秋就過世了。她在我們的猶太教堂舉行了一場奇怪的猶太葬禮，謝天謝地，沒有人要我上台講話，他們也沒有播放我們拍的那部電影。瑞秋後來火化，骨灰撒在弗里克公園，顯然這是她小時候最喜歡去的地方。她七歲時候跑去了公園，她不是要逃家，只是因爲她想要成爲一隻松鼠，住在樹林裡。

在人死掉之後還發現她的新鮮事，感覺好奇怪，但不知爲什麼，我也覺得很寬慰。我眞的不懂。

也許我該想辦法把她寫進我的下一部電影裡。哎，不曉得啦，老實說，我也不知道我到底在寫什麼。

fin.

Hit
暢／小說
061

我們的故事未完，待續

●原著書名：Me and Earl and the Dying Girl●作者：傑西·安德魯斯（Jesse Andrews）●譯者：楊沐希●美術設計：莊謹銘●責任編輯：丁寧●國際版權：吳玲緯●行銷：艾青荷、蘇莞婷●業務：李再星、陳玫潾、陳美燕、杻幸君●副總編輯：巫維珍●副總經理：陳瀅如●編輯總監：劉麗真●總經理：陳逸瑛●發行人：凃玉雲●出版社：麥田出版／10483台北市中山區民生東路二段141號5樓／電話：(02)25007696／傳真：(02)25001967●發行：英屬蓋曼群島商家庭傳媒股份有限公司城邦分公司／10483台北市中山區民生東路二段141號11樓／書虫客戶服務專線：(02)25007718；25007719／24小時傳真服務：(02)25001990；25001991／讀者服務信箱E-mail：service@readingclub.com.tw／劃撥帳號：19863813／戶名：書虫股份有限公司●香港發行所：城邦（香港）出版集團有限公司／香港灣仔駱克道193號東超商業中心1樓／電話：(852)25086231／傳真：(852)25789337／E-mail：hkcite@biznetvigator.com●馬新發行所：城邦（馬新）出版集團【Cite(M) Sdn. Bhd. (458372U)】／11, Jalan 30D/146, Desa Tasik, Sungai Besi, 57000 Kuala Lumpur, Malaysia.／電話：(603)90563833／傳真：(603)90562833／E-mail：cite@cite.com.my●麥田部落格：http:// ryefield.pixnet.net●印刷：前進彩藝有限公司●2015年（民104）11月初版●定價NT$340

國家圖書館出版品預行編目資料

我們的故事未完，待續／傑西·安德魯斯（Jesse Andrews）著；楊沐希譯. -- 初版. -- 臺北市：麥田出版：家庭傳媒城邦分公司發行, 2015.11
面；　公分. --（Hit暢小說；61）
譯自：Me and earl and the dying girl
ISBN 978-986-344-282-0（平裝）

874.57　　104020760